Beate Kohlschütter

Die dunkle Jahreszeit

Roman / Teil 1

Bibliografische Information der Deutschen Nationalbibliothek: Die Deutsche Nationalbibliothek verzeichnet diese Publikation in der Deutschen Nationalbibliografie; detaillierte bibliografische Daten sind im Internet unter http://dnb.dnb.de abrufbar.

Titel und Covergestaltung: Karl Rodenberg

Herstellung und Verlag:
BoD – Books on Demand, Norderstedt

ISBN: 9 783757 854256

1.

„Verbrechen lohnt sich nicht", behauptete die Frau im schwarzen Talar felsenfest. Woher sie das so genau wusste. Ob sie´s schon mal versucht hätte, hätte ich sie am liebsten gefragt, aber das ging jetzt nicht. Sie machte gerade ihre *Peroration,* das heißt, sie kam zum Ende und wurde nochmal feierlich. Seit einer halben Stunde geigte sie nun schon so hirnlos auf ihrer Urteilsbegründung herum, dass selbst Kräftner Mühe hatte, ernst zu bleiben. Aber das setzte dem Fass die Krone auf.

„Was macht Sie da so sicher", murmelte ich leise. „Vollkommen metaphysische Frage."

Leider hatte auch Kräftner es trotzdem gehört und gab mir einen Tritt gegens Schienbein.

Sie blickte mich irritiert an, machte sich dann aber wieder an ihre Arbeit.

Kräftner warf mir einen Ich-geh-dir-an-die-Gurgel-Blick zu. Ok, ok, verstehen konnte ich den Mann ja. Er gab sich alle Mühe, mich rauszuhauen, und jetzt das. Auch Rechtsanwälte können Verbrecher werden, es ist wohl nur eine Frage der Tagesform. Zum Glück war das zuviel der Metaphysik für Frau Richterin, und sie fuhr unbeirrt mit ihrem Geschwafel fort.

Zum Schluss erging an mich die Weisung, Arbeitsleistungen zu erbringen. Wahrscheinlich, um mich von meinem hohen intellektuellen Ross runterzuholen, oder einfach nur, weil das sowieso die Standardbestrafung war. Berti hatte mich ja schon vorgewarnt. Übrigens wurde es ziemlich heftig, schon für den Anfang: Zwei Monate in einem Heim für behinderte Kinder Butterbrote schmieren und sie aus dem Bett jagen. Zum Glück war das im Januar und somit kalt und dunkel, und da war es auch schon egal. Sowas nannte man wohl mit einem blauen Auge davonkommen. Danach war die Verhandlung geschlossen und wir gingen alle drei in die Rathauskantine zum Mittagessen.

„Das nächste Mal vertrete ich Sie nicht mehr", sagte Kräftner. „Das nächste Mal, verlassen Sie sich drauf, fahren Sie für sechs Monate ein."

„Besser als sechs Monate arbeiten."

Da musste selbst Kräftner lachen. Er wurde dann ziemlich schnell wieder ernst.

„Im Gefängnis müssen Sie auch arbeiten. Die blödeste Arbeit, die es gibt: Mac-Donalds-Aufnäher an die Uniformen nähen. Die Blödheit der Arbeit ist Teil der Strafe, falls Ihnen das entgangen sein sollte."

Das war allerdings hart.

War das jetzt eine Masche? Bluffte der nur, tat er so als würde er einen für voll nehmen, aber machte es doch nicht?

„Es wird kein nächstes Mal geben."

„Soso. Das wär mir neu. Bei Leuten wie

Ihnen gibt es immer ein nächstes Mal."

„Woher wissen Sie das?"

„Ich kenn meine Pappenheimer schon. Als Strafverteidiger lernt man alle Sorten Mensch kennen, darunter eben auch die narzisstisch-psychopathischen. Da können Sie heulen, soviel Sie wollen:

‚Ich bin ja nur ein armes kleines Mädelchen!' Da ist dann nichts zu machen. Sie sind eine Psychopathin im Körper eines jungen Mädchens. Beim zweiten, spätestens beim dritten Mal ist Schluss. Hat Ihnen das schonmal jemand gesagt?"

„Naja, eine Psychologin. Die hat mal sowas geschwafelt. Vor einem Jahr oder so. Die hat sich geweigert, mich weiter zu behandeln und mich aus der Praxis geworfen."

„Da sehen Sie."

„Verdammt nochmal, ich war doch die, die den ganzen Ärger gekriegt hat! Sie hat so getan, als wäre ich an allem schuld. Da war ich vierzehn, Mann! Das war nur einfach eine dumme alte Scheißkuh!"

„Vielleicht hatte die Scheißkuh ja recht."

„So wie Richterin Gnadenlos jetzt. Das ist auch so eine Scheißkuh."

Wir polkten eine Weile mit der Gabel in unserem Jägerschnitzel.

„Wieviel Jäger rechnet man eigentlich auf ein normales Jägerschnitzel?"

7

Kräftner musste lachen, ob er wollte oder nicht.

„Wissen Sie was? Ich mag Sie gern. Wenn ich schon dazu verdammt und verdonnert bin, die nächsten zwanzig Jahre in den Knast zu fahren, dann sollten wir wenigstens noch vorher einen Cappuccino trinken gehen. Ich kenne da ein prima Café."

„Normalerweise trinke ich keinen Privatkaffee mit meinen Mandanten."

„Bitte, bitte! Es ist ja das letzte Mal im Leben!"

Da konnte Kräftner nicht mehr Nein sagen. Das letzte Mal im Leben, also bitte. Eine Weile zickte er noch herum, leistete noch ein bisschen Widerstand, aber nur so pro forma. Schließlich hatte ich ihn dann soweit. Wir landeten in einem ganz besonders schönen Café in der Nähe der Börse, mit einem Gewächshaus drin, ein verlängerter Arm des Borchardt.

Da war ich oft mit André gewesen, in seligen Zeiten. Ach ja, die seligen Zeiten lagen noch nicht mal drei Monate zurück. Mir kam es schon vor wie eine Ewigkeit.

„Das haben Sie doch nicht wirklich gemeint, oder?", fragte ich, als der Cappuccino vor uns stand.

„Doch, leider. Natürlich kann im Leben viel passieren, vielleicht wird auch alles wieder gut, aber Menschen wie Sie haben die Tendenz,

8

andere verantwortlich zu machen. Die Scheiß-kuh. Richterin Gnadenlos. Sie machen es sich zu leicht und der Gesellschaft zu schwer, und das ist auf die Dauer gefährlich."

„Aber die anderen *waren* schuld."

„Manchmal kann man nicht danach fragen. Manchmal muss man die Verantwortung über-nehmen, auch wenn die anderen angefangen haben. Die Gesellschaft unterscheidet da nicht so genau. Wenn´s hart auf hart kommt, lässt sie einen unter die Räder kommen. Und die Ge-sellschaft kriegt allmählich Angst vor Ihnen und fährt die Ellenbogen aus, das sollten Sie schon gemerkt haben."

„Selber Psychopathen! Allesamt!"

„Da ist was dran. Allerdings wär ich gerade deswegen umso vorsichtiger. Junge Hunde verlieren ihr tapsiges Gebaren. Auf einmal sind sie keine niedlichen Welpen mehr. Wild-schweine verlieren ihre putzigen Streifen. Niemand weiß, ob sich ihr Charakter ändert, aber auf einmal kriegen alle Angst vor ihnen. Und so ist das mit jungen Menschen auch."

Hey, dieser Kräftner war ein Glücksgriff. Er gab es wenigstens zu.

„Die Gesellschaft sitzt nämlich am längeren Hebel. Besonders solange Sie kein eigenes Geld verdienen."

Ich rollte die Augen. Wie oft hatte ich die-sen Satz schon gehört.

„Ich weiß, iiich weiß. Das Geld muss ich ja erstmal verdienen. Und dazu brauche ich einen Job. Und um einen Job zu kriegen, brauche ich den Respekt der Alten. Und dazu muss ich so tun, als würde ich sie respektieren. Ich muss einigermaßen glaubhaft Theater spielen, oder? Zurück auf Feld eins. Scheißfalle, die sich die Gesellschaft da ausgedacht hat, oder?"

Er lachte. „Sie formulieren das sehr erfrischend. Natürlich hat jede Gesellschaft erstmal ein Interesse an ihrem Zusammenhalt und erst in zweiter Linie daran, ob es dem Einzelnen gutgeht. Das ist eine ziemlich alte Erkenntnis, da sind Sie nicht die Erste. Ja, wovon wollen Sie leben?"

„Wird sich schon was finden. Und wenn nicht, werd ich Börsenspekulantin. Genau. Totengräberin und Börsenspekulantin."

Kräftner rührte nachdenklich in seiner Tasse.

„So, Börsenspekulantin. Was wissen Sie denn davon? Immer Angst, immer Stress, zuviel Alkohol, zuviel Koks. Da sitzen Sie ja an der Quelle, oder? Und mit vierzig treiben Sie dann als Leiche im Kanal."

„Naja, dann werd ich halt Professorin."

„Dazu müssen Sie aber studieren."

„Um Gottes Willen. Eine Universität. Eine deutsche Universität. Mit einem deutschen Professor. Und die Studenten und die Assis, die alle um ihn herumschwanzeln."

„Das haben *Sie* jetzt gesagt. Wieder zurück auf Feld Eins. Was sollen wir da machen? Wissen Sie, wie man Ihren Zustand nennt?"

„Aporie", sagte ich dumpf. „Den Zustand der absoluten Ausweglosigkeit. Jedenfalls heißt das bei Platon so."

„Bravo. Sie sind ja wirklich Altphilologin. Ja, der Kräftner hat sich schlau gemacht. Die Leute haben mir keinen Stuss erzählt. Altphilologin und Drogendealerin. Eine seltsame Kombination."

Ich starrte eine Weile vor mich hin und suchte eine Antwort. Aber mir fiel keine ein.

„Vielleicht sollten Sie ja doch studieren. Wär doch schade bei Ihrer Intelligenz, alles in kriminelle Energie umzuwandeln."

„Und wenn ich studiere, Mann, was hab ich davon? Dass ich irgendeine vertrocknete Assistentin an einer drittklassigen Universität bin. Damit ich dem Herrn Professor die Bücher schreiben darf und er sackt den ganzen Ruhm ein – den ganzen *Kydos*, für Altphilologen. Er wird Fernseh-Altphilologe, während sich alle Leute über meine Billig-Klamotten von Woolworth lustig machen."

„Tja, Aporie halt."

„Und außerdem will ich den Nobelpreis. Wenn schon anstrengen, dann Nobelpreis. Ich mein, wofür mach ich sowas? Haben Sie schon mal was von einem Nobelpreis für Altphilologen gehört?"

„Nicht für Altphilologen, aber für Literatur. Theodor Mommsen hat einen gekriegt. Das könnten Sie auch haben."

„Mann, da kann ich ja gleich Schriftstellerin werden."

Er schaute mich an mit einem seltsamen Ausdruck. Was war das, Liebe, Mitleid? Erst später, viel später hatte ich ein Wort dafür, einen langen altgriechischen Ausdruck, auch wenn es keine Krankheit war.

„Dann werden Sie's doch", sagte er leise.

„Werden Sie's doch. Ihnen bleibt sowieso nichts anderes übrig. Altphilologin, Börsenspekulantin, Dealerin. Nobelpreiskandidatin. Professorin werden Sie ja doch nie. Selbst wenn Sie das Zeug dazu hätten, die Verhältnisse sind einfach gegen Sie. Das dürften Sie inzwischen gemerkt haben."

„Brotlose Kunst, sagen meine Eltern."

„Und hätten Sie jemals auf Ihre Eltern gehört? Sehen Sie, da müssen Sie ja selber lachen. Die Schriftstellerei" – er sah mich wieder so an – „ja, wie es aussieht, ist das Ihre einzige Chance. Wenn Sie's nur irgend können, werden Sie's. Sie brauchen etwas, was Ihrem Leben Struktur gibt, ohne Sie einzuengen. Menschen wie Sie – ja, die sind halt verdammt, auf Messers Schneide zu wandern."

„Was Sie alles über mich wissen. Sind Sie Hellseher oder was?"

„Das bleibt bei meinem Beruf nicht aus. Da kennt man seine Typen schon. Koks, Eitch, Crack. Knast, Psychiatrie. Maßregelvollzug. Manche werden Bürgermeister oder Börsengenies, aber der Absturz ist immer um die nächste Ecke. Schriftstellerin. Alles andere ist Quark. Und: Scheißen Sie aufs Geld!"

„Sagen Sie."

„Sage ich. Kraft meiner Wassersuppe. Probieren Sie's aus. Außerdem würde ich gern die Geschichte lesen – die Altphilologin, die zur Drogendealerin wurde und wieder zurück. Von Ihnen selbst. Nicht vom Hörensagen oder von anderen Leuten. Und nicht irgendwann mal zwanzig Jahre später von einem schlauen Gefängnispsychologen. Nehmen Sie sich ruhig Zeit dafür. Einen Monat, mindestens. Und Zeit haben Sie ja nun reichlich, jetzt, wo Sie nicht mehr Ihre Runden machen müssen, stimmt's?"

„Dafür muss ich zehntausend Butterbrote schmieren."

„Ach, das schaffen Sie doch mit links. Und allzuviel Lust auf Ihre Klassenkameraden werden Sie wohl auch nicht haben, oder?"

„Waren nie meine Kameraden. Alles Lügen."

„Eine von den Lügen, die unsere Gesellschaft am Laufen halten. Also! Schreiben Sie die Geschichte auf und gucken Sie mal, ob das was für Sie ist. Und in einem Monat treffen wir uns wieder hier."

„In einem Monat ist Weihnachten."

„Na, dann in sechs Wochen. Und ich schaue derweil, was ich für Sie tun kann."

„Für mich! Mich will doch keiner mehr."

„Abwarten. Der Kräftner hat da so seine Quellen."

Er kramte seinen Terminkalender raus, ein dickes, speckiges Lederdings und machte einen Eintrag. Automatisch griff ich ebenfalls in die Tasche und zog meinen abgegriffenen Schülerkalender aus dem Versteck. Seltsam, dass die Polizei nicht auf die Idee gekommen war, ihn zu filzen. Da standen die Runden, jedenfalls die von später. Abkürzungen natürlich. Vielleicht waren sie nicht wirklich interessiert. Nicht so sehr jedenfalls. Sie hatten wahrscheinlich selber Angst, was sie da finden würden. Zu viele reiche Kinder? Vielleicht stimmte es ja, was der Dicke gesagt hatte, und es war ein Wunder, dass ich noch lebte. Ich wüsste ja gar nicht, in was für einen Sumpf ich da hineingestiegen war. Vielleicht hatte ich ja wirklich mehr Glück als Verstand gehabt.

Glück. Einen Haufen Unglück hatte ich gehabt, würden die meisten Erwachsenen sagen. Aber oft genug, seltsamerweise, hatte es sich angefühlt wie reines Glück, heiße Erwartung, Überraschung, Enttäuschung, Spannung, Angst. Sogar die Angst war Glück gewesen. Insofern hatte Richterin Gnadenlos unrecht: Verbrechen lohnt sich eben doch. Bilder stiegen in mir auf. Bilder, die sich hindrehten, herdrehten, zur logischen Abfolge formten oder auch nicht.

Auf einmal war da ein Geräusch. Kräftner klopfte heftig auf den Tisch.

„Sie träumen schon wieder. Na, macht nix. Wer träumt, sündigt nicht. Ich muss jetzt weg, ich kann mich nicht den ganzen Nachmittag hier verträdeln. Also dann, in sechs Wochen!"

Richtig, den Kräftner hatte ich glatt vergessen. Als ich die Rechnung verlangte, hatte er schon bezahlt. Ein echter Kavalier.

Aber dafür wollte er ja meine Geschichte. Gut, ich setzte mich also Freitag für Freitag, wenn ich sonst die Runde gemacht hatte, an meinen Schreibtisch und starrte auf die öden Balkons gegenüber. Und irgendwann begannen Bilder sich zu formen. Und dann Worte. Bilder und Worte sind ja zwei sehr unterschiedliche Dinge. Die Welt besteht aus Bildern, Bildern, Bildern. Und wir legen ein Netz von Worten darüber und halten das dann für die Welt. Naja. Und dann zerren wir dieses Netz in eine Abfolge und halten das dann für unsere Lebensgeschichte. Nichts davon ist wahr.

2.

Vielleicht sollte ich mal ganz von vorne anfangen. Ich heiße Isadora Kunstmann, bin mittlerweile fünfzehn Jahre alt (naja, fast) und gehe aufs Hoffmann-von-Fallersleben-Gymnasium. Ich habe das Pech, in Niederrad zu wohnen. Niederrad hieß früher mal „Villenviertel", aber das mit den Villen muss schon eine ganze Weile her sein. Seit der Flughafen vergrößert wurde, liegen sie direkt in der Einflugschneise, und die reichen Leute sind alle ausgezogen, nach Kronberg oder so, und die Villen stehen da und verfallen so langsam vor sich hin. Sowieso lagen die Villen immer im falschen Teil. Das Niederrad, das ich meine, ist eine Ansammlung von Postlerwohnhäusern und Sozialwohnungsblöcken, in denen meistens Heimatvertriebene hausen, die alle ihren Rittergütern im Osten hinterherweinen, ihren sieben Bürgen und fünf Kirchen, seit ich denken kann, geht das schon so. Und die Stalingrad-Opas mit ihren abben Armen und Beinen. Alle bellen sie einen an, dass man gar nicht wüsste, wie gut man es eigentlich hätte. Ich glaube, sie sind einfach nur neidisch. Am besten geht man ihnen aus dem Weg.

Trotzdem, eine ganze Weile, viele Jahre lang, ging alles gut. Ich kam aufs Gymnasium.

Am Anfang wollte ich gar nicht dorthin, die neun Jahre dehnten sich vor mir wie eine elende, flirrende Sandwüste ohne eine Quelle, ohne ein einziges bisschen Grün, aber dann wurde mir klar, dass ich Jutta Wurm loswerden würde. Jutta hing schon seit meiner Kindergartenzeit an mir und ich musste immer machen was sie sagte, weil sie die Stärkere war und mich sonst verhaute. Dann lieber neun Jahre Gymnasium.

Und ich hatte nochmal Glück. Gerade war ich zwölf geworden und die Wohnung wurde allmählich zu klein für vier Leute, meine Eltern, meine Großmutter und mich. Meine Großmutter stellte sich immer mehr als alter Drachen heraus, der nichts tat als durch die Zimmer schleichen und schimpfen. Meine Mutter und ich liefen mehr als einmal Niederrad ab, um jemanden zu finden, der uns ein Zimmer vermieten könnte, aber wir fanden keinen.

„Da siehst du wie beliebt du bist", sagte meine Mutter.

„Die Leute kennen dich alle schon und wollen dich nicht."

Und dann kriegte mein Vater Streit mit der alten Frau und warf sie aus der Wohnung, aber sie ließ sich nicht so leicht werfen. Als er sie die Treppe runtertrug, strampelte sie wie blöd und er ließ sie fallen und sie fiel einen Treppenabsatz runter und brach sich mehrere Knochen. Trümmerbruch im Arm und Bein. Zum Glück war die Uniklinik ganz in der Nähe. Als sie dann wieder rauskam, es dauerte fast drei Wochen, wollte sie gar nicht mehr zurück. Was für ein Glück. Ich hatte mich schon drauf gefasst gemacht, sie nochmal die Treppe runterzustoßen (es sollte wie ein Unfall aussehen), aber zum Glück brauchte es das gar nicht, sie ging dann endlich freiwillig ins Altersheim. Da vegetierte sie dann noch zwei Jahre vor sich hin, bis ein ganz heißer Sommer kam und sie einen Herzinfarkt kriegte und weil der Doktor gerade im Urlaub war und der Stellvertreter nicht so schnell aus dem Bett geholt werden konnte, deswegen starb sie im zarten Alter von neunundachtzig Jahren und wir waren alle froh.

Damit hatte mein Glück allerdings auch schon sein Ende. Wir wurden alle umsortiert, meine Freundinnen und ich, in Latein- und Französischklassen, und das hieß: Meine Freundinnen wurden von mir wegsortiert. Sie lernten nämlich alle Französisch. Die lange Ute, die dicke Gabi, Silke mit dem schönen Haus und dem schönen Garten in Schwanheim, die drei Stefans: Alle weg. Komischerweise lernten bei uns nur die größten Asis Latein. Oder die traurigen Übriggebliebenen. Alle anderen Leute hatten sich in die Französischklassen geflüchtet, kein Wunder, es war ja drei zu eins. Und da blieb mir nur noch Bettina Ehrmann, Ehrmann wie Almighurt, die Frische aus Bayern. Sie hatte sowas Sauberes an sich, wie frischer Joghurt, keine schmutzigen Witze, keine anzüglichen Bemerkungen, kein Schwätzen, kein Schwänzen, kein Schminken. Und sie interessierte sich für Latein. Und so wurde sie meine Freundin. Wir hingen in den Pausen zusammen auf dem Schulhof herum, lernten Vokabeln und ihre Mutter backte uns Pfannkuchen. Ihre Wohnung mit dem schönen Balkon war ein gewisser Ersatz für Silkes wunderschönen Garten.

Eine Weile ging alles gut. Aber dann entdeckte Bettina die Geige. Ein gewisser Daniel Sepec verführte sie dazu. Vielleicht wollte sie auch nur irgendwas worin sie besser sein konnte als ich. Und egal wie oft ich ihr erklärte, dass Daniel Sepec ein total asozialer Typ wäre und mit seiner ganzen Familie in einem Bauwagen hauste, weil niemand das Gekratze ertragen könnte, nein, sie wollte eine Geige, und weil unsere Mütter gleich Feuer und Flamme waren (sie hatten ihn auch gesehen), musste ich mit: Ohne Geige keine Bettina und ohne Bettina keine waffelbackende Frau Almighurt und kein schöner Balkon. Und so ging ich Mittwoch für Mittwoch in die Geigenstunde uns kratzte zweistimmig mit ihr. Dabei fiel ich natürlich immer weiter zurück, denn eigentlich hasste ich die Geige und konnte mich nur mit Mühe zum Üben aufraffen. Bettina spielte die erste Stimme, die Lehrerin die zweite und ich die dritte, schrumm-schrumm, schrumm-schrumm. Trotzdem, ein Jahr oder so ging alles gut. Dann kam Fabian Wöllstein in unsere Klasse.

Niemand wusste, wo Fabi Wöllstein eigentlich herkam. Auf einmal war er da, als hätte seine langhaarige blonde Psychologenmutter ihn am Händchen genommen und zu uns hereingeführt. Und mit ihm seinen ganzen Club. Fabian Wöllstein hatte nämlich einen ganzen Fanclub um sich geschart, fünf, sechs Jungs, die genauso schlechte Noten hatten wie er und die es skandalös fanden, wenn Mädchen besser abschnitten. Denen musste man es zeigen. Und besonders mir. Wenn die Leute in einem Klumpen herumstanden und keiner hinschaute, kriegte ich Tritte gegen das Schienbein, richtig böse Tritte, die blaue Flecken machten, und die Leute guckten in die Luft. Keiner wollte es gewesen sein. Und wenn ich in die Klasse reinkam und mich an meinen Platz setzte, zischelten sie mir zu:

„Fette Sau – Hängebauchschwein", dabei war ich gar nicht fett, höchstens rundlich, ein paar Kilo zuviel, das hatte mir nie was ausgemacht, nur alle anderen Leute schienen es schrecklich zu finden. Vor allem, dass es mir nichts ausmachte.

Einmal kriegten wir eine Englischarbeit zurück. Fritsch ließ die Hefte aufgestapelt auf seinem Pult liegen. Die Leute drängten sich drumherum. Ich hielt mich zurück, weil ich aus Erfahrung wusste, dass da wieder Tritte und Boxhiebe auf mich warteten – vielleicht sogar Schlimmeres, ein ekliger Kaugummi, geklebt an meine hintere Hosentasche. Ich wartete eine Weile, bis alle weg waren – und da war mein Heft eben auch weg. Weiß Gott, was sie damit anstellten. Als ich nach Hause kam, fragte meine Mutter: „Ihr hattet doch heute Englischarbeit, was hast du denn für Note bekommen?"

Mein Pech, dass ich es ihr gesagt hatte. „Weiß ich nicht. Als ich kam, war mein Heft weg."

„Was heißt weg?"

„Naja, eben weg. Die Leute haben sich drumrumgedrängt, und als ich dann dazu kam, war es eben weg. Wahrscheinlich zerfetzen sie es jetzt und machen Zeichnungen hinein. Naja, egal. Leben geht weiter."

Leider kam gerade eben mein Vater zur Tür reingekeucht. „Was heißt hier weg? Was heißt die zerfetzen das jetzt? Hast du denn seelenruhig gewartet, bis dir einer das Heft klaut?"

„Was hätte ich denn machen sollen? Mich drum prügeln? Als ich dazukam, war es weg."

„Was heißt, als du dazukamst? Du bist doch hoffentlich mit den anderen mitgegangen?"

„Äh, nein. Ich hab gewartet, bis sie alle weg waren."

„Ja warum denn sowas?"

„Ich, äh, also, ich wollte mich nicht ins Gewühle stürzen."

„Nicht ins Gewühle stürzen! Gibt's sowas? Da hört sich doch alles auf! Wenn du schon so anfängst, bei den paar Papiertigern, wie soll das denn die ganzen Jahre weitergehen?"

Das fragte ich mich allerdings auch, wie das die ganzen Jahre weitergehen sollte. Und dann Woche für Woche Bettina Almighurt mit ihrer elenden Geigenkratzerei. Und kein Ende abzusehen.

3.

Und wenn ich jetzt gedacht hatte, dass es nicht mehr schlimmer kommen konnte, ja, dann hatte ich eben falsch gedacht.

Ich saß noch keine drei Monate in meiner Griechisch-AG, da kam, an einem Dienstagnachmittag, Fabian Wöllstein in den Raum geschlendert und setzte sich schäfchen-fromm in meine Reihe. Was wollte der Kerl hier. Der kam doch nicht zum Griechischlernen. Der kam doch nicht aus Interesse an Aoristen her. Der wollte mich doch ärgern. Wieso hatte Dr. König ihn überhaupt in die Klasse gelassen? Aber Dr. König glaubte eben an das Gute im Menschen. Besonders in Jungs. Die sollten (mit sechzehn oder so) eine wunderbare Persönlichkeitsumwandlung durchmachen und uns dann auf einmal haushoch überlegen sein. Und da saß dann Herr Dr. König vor ihm in Erwartung dieses Wunders.

Und als er dann eine Pause machte und wir uns alle im Raum zerstreuten, da ging es auch schon los: „Die Dumme – die Doofe – du bist doch viel zu fett zum Griechischlernen!"

Ich konnte mir denken, was in der nächsten Zeit alles folgen würde. Und kaum hatte ich mich ein paar Minuten umgedreht, da prangten auch schon hässliche Zeichnungen in meinem Griechischbuch. Kein Zweifel, der Kerl wollte mich fertigmachen. Jetzt hätte ich zu Dr. König gehen und mich beschweren können, aber der Mann mochte keine Stänkerer. Er wollte an das Gute im Menschen glauben. Und einer, der sich über seine Mitschüler beklagt, sieht immer aus wie ein Stänkerer. So als hätte er mit Schuld. Noch dazu wussten alle Lehrer von meinem Hass auf Fabian Wöllstein, den sie sich angeblich überhaupt nicht erklären konnten (keiner hatte Lust, sich mit der hysterischen Diplompsychologin anzulegen), das wäre alles die Pubertät, die beginnende Sexualität, das würde sich schon irgendwann von alleine geben. (Dabei zwinkerten sie vielsagend mit den Augen.) Also saß ich schweigend da und hörte mir Dr. Königs Vortrag an: Im Altgriechischen gäbe es neben den bekannten Vergangenheitsformen Perfekt, Imperfekt und Plusquamperfekt noch eine besondere Vergangenheitsform, den Aorist, und „ou" stände stets mit dem Indikativ, würde vor allen weiteren Verbalmodi aber zu „mä" und so weiter und so fort. Und während das an mir vorbeiplätscherte, brütete ich Rache. Finstere Rache. Vor allem sollte sie sicherstellen, dass Fabian Wöllstein und sein Clan mir nie, nie wieder wehtun konnte. Nur leider fiel mir im Augenblick nichts ein.

Am Tisch vor mir saß ein junger Mann, der schon etwas älter war als wir anderen. Er war mir schon die ganze Zeit aufgefallen. Ein hübsches Menschenexemplar, nicht so wie Wöllstein und die anderen Jungs, aber ich traute mich nicht so recht, ihn anzusprechen. Vielleicht wusste er ja, dass er schön war, da konnte ich mir nur einen Korb holen. Aber siehe da, kaum war die Stunde aus, kam er auf mich zu und sagte ganz leise, so dass niemand es hören konnte: „Ich hab ganz genau gesehn, was der gemacht hat. Das war richtig fies. Also ich würd mich von dem nicht fertigmachen lassen."

„Nein, natürlich nicht", sagte ich abweisend und wollte mich schon trollen. Seltsam, jetzt, wo er mich ansprach, war es mir gar nicht recht. Ich wusste nicht, was ich sagen sollte, es war mir so peinlich. Aber der Junge trat von einem Bein aufs andere, so, als ob er etwas sagen wollte, aber sich doch nicht recht traute.

Schließlich brachte er es dann heraus:

„Du, weißt du was, ich gehe ins Café, kommst du mit?"

„Lass uns in die Teestube gehen", sagte ich.

Die Schulteestube wurde von einigen Schülern aus den oberen Klassen geleitet und servierte zwanzig verschiedene Sorten parfümierten Tee.

„Igitt", sagte er. „die haben bestimmt nur so ekligen Chemie-Tee. Nein, lass uns einen schönen Kaffee trinken."

Ich dachte an die Orte, die ich als „Café" kannte. Dunstige, dumpf nach Zuckerzeug riechende Räumlichkeiten mit angeschlossener Backstube, an deren Spitzendeckchen Omas aus vergoldeten Mokkatässchen schwarzes Gebräu tranken und so lächerlich den Finger abspreizten. Kinder waren dort nicht gern gesehen. Oder Eisdielen, in denen Horden von jungen Mädels lärmten, oder Jungs und Mädels Händchen hielten. Mir war gar nicht nach Händchenhalten und Teenager spielen wollte ich schon gar nicht.

„Welches Café meinst du denn?", fragte ich ausweichend. Ich wollte wissen, auf welche Art von Dumpfheit ich mich einzustellen hatte.

„Am Mainufer. Es ist richtig toll. Ganz neu. Da kannst du draußen sitzen."

„Was – draußen sitzen im Café? Was jetzt? Drinnen oder draußen?"

„Komm einfach mit, du wirst schon sehen."

Eigentlich brauchte ich nicht noch einen Knaben, der hinter mir hermachte und dann fies wurde, wenn's nicht nach seinen Wünschen ging. Aber dieses Café, in dem man drinnen draußen sitzen konnte, das wollte ich mir zumindest mal anschauen.

„Also gut. Aber ich hab kein Geld, du musst zahlen."

„Jaja. Nun komm schon."

Wir liefen eine ganze Weile zum Mainufer.

Da lag ein kleiner Park. Ich hatte diesen Ort bisher kaum wahrgenommen, obwohl er nur ein paar Meter von der Flohmarktroute weg lag. Aber so ist das immer: Man sieht etwas kaum, bis einen einer drauf aufmerksam macht. Vielleicht lag's auch daran, dass das Café etwas zurückgesetzt im Hof des Museums für Kunsthandwerk lag. Museen, das war langweilig, man wurde dorthin beordert, um schreckliche Bilder anzuschauen. Das Museum für Kunsthandwerk machte da keinen Unterschied, nur dass statt der schrecklichen Bilder schreckliche Handtaschen an den Wänden hingen, aber in dem Café konnte man wirklich drinnen draußen sitzen. Die eine Seite, die zum Park ging, war umzäunt von einer dünnen Glaswand, durch die man große Baumstämme im Grünen sehen konnte, und die oben offen war, also fühlte es sich an, als säße man wirklich draußen. Zugleich schützte einen die Wand vor Wind, und weil sie von hohen Büschen eingerahmt war, auch vor unerwünschten Blicken, also war es doch so, als säße man drinnen. Kein dumpfiger Geruch, keine Omas, die ewig im Tässchen rührten, niemand, der mich dumm ansah, jedenfalls nicht so lange ein viel größerer Junge dabei war. Der Ort war perfekt, das musste selbst ich zugeben.

„Wo sind die Omas?", fragte ich. „Wo sind die Opas, die Karten, die Schnäpschen? Und keine Jungs und Mädels, die Händchen halten?"

„Ich glaube, denen ist das alles zu teuer", sagte er. „Nein, hier bist du ungestört, hier hast du deine Ruhe."

Ich wusste zwar noch nicht, wofür ich diese Ruhe brauchte, aber dass ich sie irgendwann mal brauchen könnte, das ging mir sehr wohl auf. Na gut, wenn ich mal Ruhe brauchte, dann würde ich in Zukunft hierher gehen.

Wir bestellten, er Cappuccino und ich Kakao.

„Übrigens, ich heiße Berti. Also eigentlich Albert, aber alle meine Bekannten nennen mich Berti."

Richtig, nach seinem Namen hatte ich ihn ja noch gar nicht gefragt.

„Weißt du", sagte er, „warum lässt du dich eigentlich von diesen Leuten so fertigmachen? Sag denen doch einfach halts Maul und gut ist."

„Die sind ja bei mir in Latein", sagte ich. „Und außerdem machen sie es nur, wenn Herr Dr. König nicht hinschaut. Und wenn ich dann was sage, sagen sie schnell: 'War ja nicht so gemeint. Die Isa nimmt das alles so böse.'"

Berti nickte verständnisvoll. Er kannte diesen Trick wohl schon selber.

„Mir geht's auch manchmal so", sagte er. „Da sagen die Leute hinter deinem Rücken:

28

„Schwuchtel" und „Warmer Bruder" und machen so seltsame Bemerkungen zu deinen Lehrern – und hinterher heißt es: „War ja nicht so gemeint."

„Was heißt Schwuchtel?", fragte ich.

Berti sah mich erstaunt an.

„Naja eben, dass du schwul bist", sagte er. „Wußtest du das nicht?"

„Schwul, richtig schwul, ich mein, so für immer? Auch wenn man erwachsen ist?"

Berti lachte.

„Gerade wenn man erwachsen ist. Da muss man sich je von niemandem mehr dumm anreden lassen. Oder denkst du an sowas wie bei den alten Griechen, zwischen Knabe und Mann? Da war wohl mehr Notgeilheit im Spiel als echte Liebe."

Ich wurde leicht rot. Die alten Griechen – genau daran hatte ich gedacht. Da sah das alles ja noch ganz ästhetisch aus, aber zwei erwachsene Männer, womöglich beide mit Bart – igitt. Und wenn sie dann alt waren, sah es noch schlimmer aus.

„Und was ist wenn man alt ist?"

„Naja, wenn man alt ist, ist man halt alt. Alte Leute sehen nie toll aus. Oder sind alte Frauen etwa sexy?"

„Naja."

Ich dachte an meine Großmutter. Sie behauptete, sie sei auch mal jung und schön gewesen und zeigte zum Beweis alte Schwarz-weißbilder aus der Stadt Ofen. *Ofen.* Die Frau auf den Bildern, das war jemand ganz anderes, das hätte jede sein können. Wenn sie mir gesagt hätte, das sei die Schauspielerin Eleonora Duse oder die Tänzerin Isadora Duncan hätte ich das auch geglaubt. Alte Leute waren eben alt, sie waren nicht mehr sie selber, vielleicht war es da auch egal.

„Außerdem werden wir Schwulen nicht alt. Wir sterben mit dreißig im Kugelhagel."

Naja, dann war es auch egal. Berti musste wissen, was er tat.

Wir tranken eine Weile schweigend und sahen auf den Main hinaus.

„Schön ist es hier."

„Ja, daran kann man sich gewöhnen. Jeder weiß wo es ist, keiner kommt so schnell von alleine drauf. Ein guter Platz für meine Headquarters."

„Was?"

Er kramte bedächtig in seiner Umhängetasche, holte eine Packung Tabak heraus und eine Schachtel Blättchen und begann sich umständlich eine Zigarette zu drehen. Das nahm einige Zeit in Anspruch. Dann lehnte er sich zurück und stieß ein paar Qualmwolken aus.

„Sieh mal", sagte er. „Ich kenne das Fallersleben nicht gut. Aber du. Du kennst dich doch sicher einigermaßen hier aus."

30

„Naja", sagte ich. Ich überlegte, wie ich das formulieren sollte, eine Weisheit, die ich von anderen Menschen über mich so oft gehört hatte, dass ich allmählich selber dran glaubte.

„Weißt du-" ich dachte an eine Formulierung, die die Mutter von Bettina schon öfters über mich gebraucht hatte, „ - ich bin einfach nicht so der Menschen-Mensch. Ich schwimme so nebenbei mit, und wenn man mich nicht gerade ärgern und quälen will, guckt mich keiner an."

„Na und? Das macht doch nichts. Du musst die Leute hier ja nicht heiraten. Irgendwann werden sich schon die richtigen Leute finden. Es ist vielleicht sogar besser, wenn du auf Distanz bleibst."

„Bleibe ich doch", sagte ich. „Ich mag die ja alle gar nicht so."

„Vielleicht findest du irgendwann noch jemanden, den du magst", sagte er. Es klang allerdings nicht sehr überzeugend.

„Jemand wie du passt perfekt ins Profil", fing er wieder an. „Du bist klein, unauffällig, Mädchen, und ich habe Glück, dass du ganz gute Noten hast."

So, das hatte sich schon alles über mich rumgesprochen. Die Leute redeten doch heimlich über mich, wenn sie schon nicht mit mir redeten.

„Du kannst dich doch mal diskret ein bisschen im Fallersleben umhören, da muss es doch eine Szene von Leuten geben, die interessiert sind."

„Interessiert? Was? Woran denn?"

Er senkte seine Stimme , obwohl das nicht nötig war, denn in dem Café saß außer uns weit und breit kein Mensch.

„An Haschisch", sagte er. „Und Marihuana. Unter anderem. Ich habe ausgezeichneten Stoff, der nur darauf wartet, an den Mann oder an die Frau gebracht zu werden. Nicht billig, aber ausgezeichnete Qualität. Alles Eigengewächse, original öko in hessischen Kellern gezüchtet. Viel besser als das Zeug, das du sonst in der Kaiserstraße bekommst."

Ich dachte einen Augenblick nach. Haschisch, Marihuana, das waren doch Drogen – sowas nahm ich nicht, das kam doch ganz und gar nicht in Frage, und jetzt sollte ich das Zeug auch noch verkaufen? Sicher, auch ich hatte schon hin und wieder die kleinen Grüppchen beobachtet, die vor der Schule aufgereiht wie die Papageien auf dem Geländer saßen. Meistens standen die Leute in einem dichten Kreis, so dass keiner genau sehen konnte, was da passierte, aber jeder wusste es doch: das war das Drogeneckchen, der Haschischzirkel, wo kleine braune Klümpchen den Besitzer wechselten. Wenn dann der Handel getätigt war, setzten die Leute sich wieder einträchtig nebeneinander auf die Stange und gaben vor, ganz normale Zigaretten zu rauchen. Die meisten Lehrer wussten davon, aber keiner sagte etwas. Das Haschischeckchen war nicht wegzukriegen.

Manchmal glaubte ich sogar schon, bekannte Gesichter entdeckt zu haben. Zottel Zumbach, der Sohn von Pelz-Zumbach, dessen Anzeigen immer in der Frankfurter Allgemeinen prangten. Der Junge hatte wahrscheinlich Geld wie Heu, aber immer, wenn man sein Gesicht sah, blickte es verschlafen drein, das machte wohl das viele Haschisch. Und die lange, schlacksige Gabi aus einer der oberen Klassen, die immer so elegant tat, den langen, blonden Stefan, der oft da saß, die dürre Ute, das Gerippe, und noch ein paar andere. Alles Leute, die ich vom Sehen kannte. Aber der Drogenkreis, das waren alles ganz berüchtigte Leute, die Eltern warnten uns, niemand wollte mit denen was zu tun haben. Wenn es rauskam, dass ich bei *sowas* mitmachte, würde ich wahrscheinlich von der Schule fliegen. Bei einem Kleine-Leute-Kind wie mir machten die nicht allzuviel Fisimatenten.

„Du bist ja bekloppt", sagte ich. „Ich verkaufe doch kein Haschisch. Da fliege ich doch von der Schule."

„Vom Verkaufen hat ja auch keiner was gesagt. Im Gegenteil. Das wäre ein Sicherheitsrisiko, wenn du an deiner eigenen Schule Drogen verkaufen würdest. Alles was du tun sollst, ist, nur hin und wieder schauen, ob nicht einer interessiert wäre. Du merkst dir das Gesicht, dann komme ich ganz unauffällig und verkaufe ihm was. Du bist gar nicht im Spiel."

„Wozu sollte ich sowas überhaupt machen?"

„Ich gebe dir Geld dafür. Dreißig Mark pro Woche. Das ist bestimmt mehr als du jemals gekriegt hast."

Sicher, das war es. Dreißig Mark waren eine Riesenchance. Ich dachte daran, was ich mir auf dem Flohmarkt dafür kaufen könnte. Es gab da einen Stand von einem Mann, der wunderschöne Märchenbücher anbot, für zehn Mark das Stück – endlich wären sie alle mein. Chinesische, Japanische, Russische. Endlich kein Gebettel mehr. Kein Abwinken mehr von meinem Vater. Oder drei Märchenbücher und die wunderbare blaue Seidenjacke, die ich vor einiger Zeit da gesehen hatte. Ich hatte sie mit Müh und Not erhandelt, aber dafür einen guten Wasserfarbkasten mit richtigen Aquarellfarben sausen lassen müssen. Nun sollte mir das nie wieder passieren. Alle Aquarellkästen, alle Seidenjacken, alle Märchenbücher, alle Wachsmalkreiden dieser Welt wären mein. Und vielleicht sogar die teure Schokolade in diesem Café am Museumsufer, in dem man drinnen-draußen sitzen konnte.

Aber nein. Jeder Mensch wusste, dass das Gymnasium viel mehr wert war. Das Gymnasium, diese zweifelhafte Ehre, die mir seit drei Jahren zuteil wurde. Alle Erwachsenen, die ich kannte, sagten: „Das Gymnasium, das ist was ganz Besonderes, sieh zu, dass du dir das nicht verscherzt. Das ist das Tor zu allen Möglichkeiten. Wenn wir das früher so leicht gehabt hätten wie du."

Und wenn es jetzt schon nicht leicht war mit dem Gymnasium, wie schwer würde es später erst werden. Und wenn nur irgendeiner was erführe, wenn einer meiner Mitschüler mich verpetzte – ja, dann war ich eben geliefert. Aus Abitur.

„Nein", sagte ich. „Nein, das kann ich nicht mitmachen. Such dir einen andern."

„Schade", sagte er. „Schade, ich hatte dich gerade so gemocht."

„Ich dich auch", sagte ich. „Aber wegen sowas verscherze ich mir nicht meine Zukunft."

„Zukunft. Zukunft ist, wenn du in dreißig Jahren auf heute zurückschaust und sagst: 'Nein, was waren das Zeiten damals. Ich war so jung. Und die Welt war so offen. Was hätte

alles werden können. Und jetzt bin ich das-
und-das geworden.' Wir alle werden, was wir
werden, Mann."

„Schon richtig", sagte ich nach einigem
Nachdenken.

Aber die Zukunft fing eben erst mit dem
Abitur an. Erst dann konnte man das überhaupt
Leben nennen. Und dann würde ich leben. Ich
würde mindestens zehn Jahre studieren,
schließlich bekam man Bafög dafür. Und dann
würde ich Professorin werden. Und wenn das
gar nicht ging, dann würde ich eben einen anderen Beruf auftreiben, einen, den man ohne
allzu viel Anstrengung nebenbei ausüben
konnte. Und dann hatte ich Zeit für das We-
sentliche. Ich konnte dichten oder malen oder
philosophieren wie Nietzsche, mein heimli-
ches Vorbild. Natürlich nicht in allem, man
wusste ja, wie Nietzsche geendet hatte. Ich
würde reich und berühmt werden, aber nicht
wahnsinnig. Und wenn, dann nur ganz spät im
Leben, mit Fünfzig oder so, wenn eh alles egal
war. Aber für alle diese Arten von Berufen
brauchte man das Abitur, da führte kein Weg
vorbei.

„Überleg's dir nochmal", sagte Berti. „Das
Angebot ist jederzeit offen."

„Ich überleg's mir", sagte ich.

Ja, und dann kam eine Doppelstunde Mathe

gleich am nächsten Morgen und ein Fabian Wöllstein, der seinen Jungsclub am Schnürchen hatte und ihn jederzeit auffordern konnte, laut loszulachen, wenn ich was nicht kapierte.

„Rechnet's halt selber", sagte ich, und Herr Püchner, der gern ein gerechter Lehrer war, nahm einen vom Jungsclub dran, der sich ebenso blamierte. Dann hielt er ihm eine Strafpredigt, dass man sich nicht über Schwächere lustig macht. Aber das nützte natürlich auf Dauer nichts. Und eine Lateinstunde, in der ich mich quälend langweilte, weil zum x-ten Mal der Konjunktiv wiederholt wurde, den inzwischen schon jeder Esel kapiert haben musste. Aber nein, hatten die Esel nicht. Und ich fischte nach meinem Griechischbuch und versuchte die Aufgaben von Dienstag mehr schlecht als recht zu erledigen.

Und prompt kam der Ruf:

„Die Isa liest unter der Bank!"

Beim ersten Mal versuchte ich ihn zu ignorieren, ebenso Herr Dr. König. Aber die Zwischenrufer wollten natürlich nicht ignoriert werden. Keine zwei Minuten ging es, da redete einer aus dem Wöllstein-Club:

„Herr Dr. König, die Isa liest unter der Bank!"

Dr. König schaute etwas vorwurfsvoll zu mir herüber, ich rollte die Augen.

„Kümmer dich um deinen eigenen Kram."

Das Ergebnis war, dass der Zwischenrufer sofort die Bravo aus der Tasche holte und demonstrativ zu lesen anfing. Dr. König holte ihn an die Tafel und ließ ihn konjugieren, was ihm natürlich misslang. Irgendwann würde ich das dann ausbaden müssen. Und so die restliche Woche entlang. Nach der Schlafstunde noch die verhasste Geige, für die ich ganz und gar nicht mehr geübt hatte, und meine Geigenlehrerin, die mir vorhielt, dass die Stunden schließlich etwas kosteten, und eine genervte Bettina, die schon gar nicht mehr mit mir spielen wollte, und dazu lächerliche Kinderstückcken, die kein Ende nahmen. Am Freitagnachmittag war ich fix und fertig. Gut, dass jetzt das Wochenende mit Ausschlafen und Flohmarkt kam.

Aber schon am Sonntagmorgen war alles vorbei. Ich wachte auf, hörte an der Wand neben mir meinen Vater schnarchen und dachte nur noch: Ich will raus hier. Weg von dem Gewusel. Und weg hieß in diesem Falle nicht: Sonntagsausflug mit meinen Eltern in den Taunus. Nach dem Frühstück lief ich fort in den Niederräder Wald und dachte nach. Woran lag es eigentlich, dass ich mich so schlecht fühlte? Gut, die Geigenstunde. Es war nicht mehr einfach, es machte keinen Spaß, trotzdem traute ich mich nicht, alles hinzuwerfen. Hinwerfen hieß: Gesicht verlieren. Wie das

Gymnasium abbrechen. Quatsch, so natürlich nicht. Aber trotzdem, es schmeckte nach Niederlage. Die Mathematik, Griechisch. Alles nicht mehr leicht und einfach. Aber das erlebten doch alle. Alle stöhnten, alle jammerten. Was nicht alle erlebten, war, dass der Wöllstein und sein Clan sie fertigmachten. Die Jungs nicht, weil sie sich in sicherem Abstand von dem Gegner hielten. Die Mädels nicht, weil sie auf liebes Weibchen machten. Nur ich war irgendwie zwischen die beiden Geschlechter gefallen.

Der Wöllstein musste weg. Wenn er erstmal weg war, würde sein Clan zerfallen wie nix, Feiglinge, die sie waren. Aber wie? Es musste auf eine Art geschehen, die unschädlich und schleichend vor sich ging, zu schleichend, um in einem Happs beobachtet zu werden. Wie ich so durch den Wald ging, dachte ich lange angestrengt nach, aber nichts fiel mir ein. Auf einmal stand mir Zottel Zumbach vor Augen. Der war doch eigentlich ein ganz lieber Kerl, tat niemandem etwas zuleide, der hätte glatt mein Kumpel sein können, wenn er nicht gar so verschlafen gewesen wäre. Dass er so verschlafen war, lag nur an dem vielen Haschisch. Der arme Mann war wohl süchtig. Viele Leute sahen es, aber keiner traute sich was zu sagen, denn wer weiß, wie der Pelzhändlersohn wäre, wenn er nicht die ganze Zeit zugedröhnt wäre.

Vielleicht wäre er ebenso wie der Wöllstein. Das Risiko wollte keiner eingehen. Außerdem konnte man ihm nie so recht was nachweisen. Zottel Zumbach war klug genug, sich nie mit einem Haschischklumpen im Unterricht erwischen zu lassen. Oder die Lehrer suchten gar nicht danach. Und da kam mir die Idee! Ich würde einfach mit Berti zusammenarbeiten. Der suchte doch immer Kunden. Und wenn ich ihm brav ein paar Kunden genannt hatte, ja, dann war eben Fabian Wöllstein auch mal dran. Der brauchte doch dringend was, um seine Langeweile zu betäuben, wie es aussah. Denn warum ärgerte er mich sonst die ganze Zeit. Langeweile, Neid, das war alles. Da würde ich ihm zur Ablenkung schon ein schönes Spielzeug verschaffen. Oder vielmehr Berti. Und eines Tages würde ich mich mit Berti absprechen und ihn damit erwischen. Oder, wenn das nicht ging – also wenn das nicht ging, musste Berti einfach die Dosis immer weiter steigern. So lange, bis Wöllstein abhängig wurde. Bis er so zugeknallt war, dass er an kein Ärgern mehr dachte. Und dann würde die Diplompsychologin heulen und alle Leute würden jammern und dann würde sie ihn auf eine Privatschule schicken und ich wäre ihn los, für immer. Aus die Maus.

Oder, wenn das auch nicht ging – egal, Berti würde sich schon was einfallen lassen. Not-

40

falls warf er ein paar bunte Pillen dazu oder mischte irgendwas hinein. Berti, der Experte. Jetzt musste ich ihn nur noch überzeugen. Das war einfach. Wenn der Wöllstein erst das Zeug nahm, würde sein ganzer Club mitmachen, das wäre ein Bombengeschäft für ihn.

Ich kostete meinen Moment der Rache aus. Zugleich hatte ich auch ein schlechtes Gewissen: Warnschuss oder nicht? Aber wie, und was für einen? Außerdem: Hatte Fabian Wöllstein nicht schon reichlich Warnschüsse gehabt? Also nein, keinen Warnschuss. Aber noch sollte ich vorsichtig sein. Noch war es nicht so weit. Vielleicht hatte Berti ja keine Lust mehr auf mich, vielleicht hatte er ja jemand Besseres gefunden, vielleicht nahm der Wöllstein das Zeug doch nicht an, vielleicht verpetzte uns jemand – es gab so viele kleine, dumme Zwischenfälle, die alles verpatzen konnten, auch meine Schulkarriere. Aber sechs Jahre Wöllstein – nein, das hielt kein Mensch aus. Da hätte es irgendwann Mord und Totschlag gegeben.

Wie zur Bestätigung: Am Montag gab es Krach. In Latein sagte Ina, ein Mädchen aus der „Schmink-und-Spiegel"-Fraktion „pullum", statt „puellam" ein blöder Witz eigentlich, weil es „Hinkel" heißen sollte, und ich lachte. Es war gar nicht so bös gemeint. Trotzdem: eine saublöde Idee von mir, aber als ich merkte, wie saublöd sie war, war es schon zu spät. Als ich nach Latein aus der Schule ging, tauchte hinter geparkten Autos schon der Wöllstein mit seinem Club auf. Zwei von ihnen hielten mich fest, der Wöllstein trat mir gegen das Schienbein.

„Das machst du nie mehr wieder", sagte der Wöllstein, „Schwächere auslachen."

Oho, der galante Ritter spielte sich zum Schutzherrn der Damenwelt auf. So lang es nur keinen Mut kostete.

Hoffentlich war's schnell vorbei.

Aber so schnell ging es diesmal nicht.

Er boxte mich in die Seite und sagte: „Sag: Ich mach das nicht nochmal. Ich werd nie mehr über Schwächere lachen. Ich werd nie mehr über die Ina lachen."

Ich schwieg.

Er griff sich eine Handvoll Matsch und warf sie mir ins Gesicht. Tränen liefen mir über die Backen. Er kehrte sich nicht daran. Ich stellte mir vor, dass ich seine Lunge mit Matsch, Matsch, Matsch füllte, bis er endlich daran erstickte.

Er boxte mich nochmal in die Seite.

„Na los, sag´s: Ich mach das nicht nochmal."

Ich sah mich nach Lehrern um, nach Leuten, die zufällig vorbeiliefen, aber da war niemand. Wöllstein hatte seinen Ort geschickt ausgewählt.

Ich schwieg.

Er gab mir einen gezielten Tritt in die Hüfte.

„Sag´s. Na los. Du kommst hier nicht weg, bevor du es sagst."

Er begann sich allmählich an seiner Macht zu berauschen. Von hier gab es nur ein Vorwärts, das wusste ich schon, kein Zurück mehr. Ich sah mich um. Noch immer keiner da.

„Ich... ich mach´s nicht mehr", sagte ich. „Ich werd nie wieder über Schwächere lachen."

„Du wirst nie wieder über die Ina lachen."

„Ich werd nie wieder über die Ina lachen."

Er trat mir nochmal in die Seite, diesmal richtig fest. Am anderen Ende der Straße löste sich eine graue Gestalt aus den Schatten der Autos. Sie hatte die Umrisse von Dr. König, aber vielleicht täuschte ich mich nur.

Wöllstein spuckte mir ins Gesicht und rannte davon.

Kein Warnschuss.

Am Dienstag setzte ich mich so weit wie möglich weg von Berti. Zum Glück schien noch niemand gemerkt zu haben, dass wir uns kannten. Ich sah die ganze Zeit zu ihm hin, bis er endlich seinen Kopf hob, dann fing ich seinen Blick ein und machte eine Kopfbewegung Richtung Café. Zum Glück verstand er mich.

Obwohl wir getrennte Wege gingen, trafen wir uns dort.

„Und, hast du darüber nachgedacht?", fragte er.

„Sicher", sagte ich. „Du hattest recht. Dreißig Mark pro Woche, das ist kein schlechtes Geld. Mit dem bisschen Taschengeld, das mir meine Alten geben, komme ich doch auf keinen grünen Zweig. Da kann ich sparen bis ich schwarz bin, es reicht doch nicht für irgendwas Schönes."

„Siehst du", sagte er.

„Aber wir müssen vorsichtig sein", sagte ich. „Ich ruinier mir meine Gymnasialkarriere nicht wegen sowas."

„Nein, natürlich nicht. Ich versprech dir, du bist sicher wie nur was. Alles was du machen musst, ist die Leute ausgucken. Das Verkaufen mache ich dann schon selber."

„Mhm. Und stimmt es, dass Haschisch wirklich süchtig macht?"

„Aber nein, wie kommst du denn auf sowas?"

„Naja, man hört und liest doch so allerlei..."

„Das ist doch alles Kokolores. Das sind die Bullen und die bürgerliche Presse, die sowas verbreitet. Nicht, wenn man's anständig nimmt."

„Was heißt „anständig"?"

„Naja, nicht so oft. Nur einmal am Tag einen Joint, und nicht morgens. Oder morgens nur, wenn man es gar nicht mehr aushält."

„Soso."

Wenn ich an Bertis Griechischkünste dachte, hatte ich da so meine Zweifel. Er spielte in der hintersten Liga, wenn nicht ganz am Schluss. Es war ein Wunder, dass Dr. König ihn nicht rauswarf. Aber vielleicht glaubte Dr. König an das Gute im Menschen, jedenfalls in Jungen. Den Wöllstein hatte er schließlich auch noch nicht rausgeschmissen. Jedenfalls würde ich dafür sorgen müssen, dass der Wöllstein sobald wie möglich anfing, sich seine Joints auch morgens zu drehen, möglichst jeden Morgen, und dass er bereit war, eine Menge Geld dafür auszugeben und notfalls irgendwelchen Klimbim von seiner Mutter zu verhökern. Ich freute mich schon jetzt, wenn ich an das Gesicht von der alten Tucke dachte, so arrogant, wie die auf mich runtergegrinst hatte. Na warte nur, Diplompsychologin.

„Schön", sagte ich. „Bis nächste Woche nach Griechisch. Dann sage ich dir ein paar Namen."

Ich schaute mich eine Weile um. Hier um, dort um. Beobachtete unauffällig die Haschischecke: Zottel Zumbach immer in der Mitte, dazu Gabi. Als ich ganz genau hinsah, sah ich, dass auch Gabi einen Joint drehte.

Dazu die andere Gabi, die Zottels Freundin war. Und mir fiel auch ein, wie man diese Betätigung nannte: Marktforschung. Ja, so nannte man die wohl. Und ich forschte und forschte. Da war so ein großer, blonder, Zotteliger, den ich auch immer mal an der Stange sah. Erst wollte ich nach dem Namen fragen und ihn notieren, aber dann dachte ich mir sicher ist sicher, die Beschreibung musste reichen. Leicht zu erkennen war er ja. Ich fand, drei Namen pro Woche sollten reichen – und natürlich Wöllstein und sein bester Kumpel Holger, und - ja, wie konnte ich die beiden nur vergessen, Oliver Czoik und sein kleines Brüderlein Dominik. Die beiden hatten mich schon im Hort gequält, jetzt waren sie mir aufs Gymnasium gefolgt. Noch hatten sie meine Fährte nicht aufgenommen, aber sicher war sicher. Aber die hob ich mir dann für nächste Woche auf.

Nach Griechisch (der Aorist von tithemi war theton und der von histemi steton, eine ganz erfreuliche Nachricht, endlich kamen mir gewisse Begriffe wieder bekannt vor), trafen wir uns wieder im Café.

„Und?", fragte Berti, „hast du ein paar Leute?"

„Jaja", sagte ich, „sicher. Kennst du diesen Zotteltypen, der immer donnerstags nach der

Sechsten auf der Stange vorm Hintereingang sitzt? Also das ist Zottel Zumbach. Der Name spricht Bände. Er hat schwarze Haare und sieht aus wie der Yeti. Aber wenn du ihm den Stoff anbietest, muss er astrein sein. Besser als das, was er sonst auf dem Schwarzmarkt kriegen kann. Der Bub hat Geld wie Heu. Sein Vater ist der reichste Pelzhändler in der ganzen Stadt. Ja, und da wäre noch seine Freundin Gabi, das ist diese Blonde mit den Klunkern am Arm. Ich glaube ja nicht, dass die Klunker echt sind, aber wissen kann man sowas nie. Die haben ein Geld, die Leute. Und dann ist da noch die andere Gabi. Die aus der Zwölften. Die sehe ich da manchmal auch. So eine große, mit angeklebter Brillantinetolle im Zwanziger-Jahre-Stil. Aber denk dran", sagte ich streng, „das sind alles reiche Leute, die wollen was sehen für ihr Geld."

Er lachte. „Jaja, Frau Oberlehrerin. Beste Ware. Alles öko und hausgemacht auf hessischen Plantagen. Roter-Libanese-Style, aber besser, viel besser. Viel mehr Power dahinter."

„So."

Ich trank meine übliche heiße Schokolade und starrte in den Himmel. Auf einem Ast an der noch kahlen Platane saß eine Amsel, ein Amselmännchen, wie wir in Biologie gelernt hatten, und kreischte sich die Kehle aus dem Leib nach einem Frauchen. Es wurde langsam

Frühling in Frankfurt. In den Anlagen, an sonnigen Stellen, krochen schon die Krokusse aus der Erde. Mickrige Exemplare. Bald würden sie im Taunus zu Hunderten blühen. Aber wer hatte was von diesem Frühling? Höchstens die Rentner, die durch Bad Homburg tatterten. Die hatten nichts mehr davon. Und eine hauchdünne, winzige Schicht von reichen Leuten, die reich geboren waren und für nichts mehr zu sorgen hatten.

Wir anderen waren eingesperrt in Fabriken und Schulkästen, in denen wir angeblich für's Leben lernten. Und diese winzige, hauchdünne Oberschicht kontrollierte die Gesetze und sorgte dafür, dass wir anderen ins Gefängnis gingen, wenn wir uns widerrechtlich auch ein bisschen mehr von dem Frühling holten. Reich musste man eben sein und die Gesetze machen.

en, der mich vor ein paar Wochen so dumm angeredet hat? Sein Name ist Fabian Wöllstein. Der wäre sicher auch an erstklassigem Haschisch interessiert."

Berti fuhr auf wie wenn er einen elektrischen Schlag abgekriegt hätte.

„Spinnst du? Dem Motherfucker soll ich was geben?"

Ich lachte. Motherfucker. Wie er seine Mamma immer vorschickte, wenn's brenzlig wurde. Motherfucker, ja, das passte.

„Was gibt's denn da zu lachen?"

48

„Motherfucker, das passt. Eines Tages zieht er mit Mamma in ein Reihenhäuslein und kommt nicht wieder raus. Die böse böse Welt ist einfach viel zu böse für ihn."

Berti sah mich irritiert an.

„Kennst du den Ausdruck nicht? Soll heißen, dass er ein Arschloch ist."

„Sicher", sagte ich. „Gerade deswegen. Wenn das Zeug beruhigt, wie du sagst -" (und ich hatte da keine Zweifel dran, wenn ich Zottel Zumbach so sah) „- wenn es so ein bisschen benommen, leicht schläfrig macht, wenn es so gute Gefühle bringt, dann ist doch alles in Ordnung. Dann ist der Wöllstein auf die Dauer so benommen, dass er gar nicht mehr daran denkt, mich zu ärgern. Dann hat er viel Besseres zu tun, nämlich zu versuchen, an Geld zu kommen, um sich mehr davon zu kaufen. Du musst die Dosis nur schnell steigern. Und wenn er einmal an der Angel hängt, kannst du auch den Preis erhöhen. Dann kann er nicht mehr anders. Du wirst sehen, du kriegst den treuesten Kunden von der Welt."

Berti schaute etwas schäfisch drein.

„So hatte ich mir das eigentlich nicht gedacht", sagte er. „Das dauert verdammt lange, bis man abhängig wird."

„Naja, wenn´s zu lange geht, kann ich ihn ja auch einfach damit erwischen. Oder du wirfst ein paar Pillen rein. Komm schon. Dann sind wir den Motherfucker los. Fang einfach mit einer ordentlichen Packung an und dann langsam steigern."

„Naja."

„Gib ihm soviel, dass er nicht mehr weiß, ob er Männlein oder Weiblein ist. Dann kann er sich an nichts erinnern und dich auch nicht verpetzen. Und irgendwann nimmt sein Klub das auch, dann sind wir alle los."

Berti mahlte das alles in seinem Kopf durch. Ich sah, wie es in seinen Gehirnwindungen arbeitete. Die Amsel schrillte noch immer.

„Überleg's dir. Hat ja noch eine Weile Zeit. Wir sind ja nicht verdammt, das Problem gleich morgen früh zu lösen. Hat ja ewig Zeit. Am besten gehen wir ihm jetzt erstmal ein bisschen aus dem Weg."

Schweigen.

„Ach ja. Hier ist nochwas für dich."

Berti holte zwei Zwanziger aus seinem Jungssakko.

„Auf gute Zusammenarbeit."

Ich versteckte die fürstliche Belohnung im Geheimfach meines Schulranzens. Endlich war das Geheimfach mal wirklich für etwas Geheimes nütze.

Am nächsten Samstag auf dem Flohmarkt traf ich den Mann mit den Märchenbüchern wieder.

„Geben Sie mir die chinesischen Märchen",
sagte ich. „Und die japanischen. Und wenn wir
schon dabei sind, könnten Sie mir auch gleich
-"

„Stopp, stopp, stopp!", sagte der Mann.
„Wo hast du denn auf einmal soviel Geld her?
Ich kenn dich doch, du hast doch sonst immer
deinen Pappa stundenlang bearbeitet, bis er dir
endlich -"

Ja, das fragte ich mich auch. Leider fiel mir
keine Quelle für meine plötzlichen Reichtümer
ein.

„Ach was, lassen Sie`s", sagte ich daher.
„Geben Sie mir die chinesischen und japanischen, und damit hat sich`s. Ich komme
nächsten Samstag wieder, und dann schauen
wir mal."

Er wickelte die Bücher ein und ich verschwand schnell um die Ecke damit, bevor er
noch lange dumm fragen konnte.

Und dann kam ich nach Hause und saß in
der Wohnung mit den zwei dickleibigen Märchenbüchern und fragte mich, wo ich sie verstecken sollte. Wohin damit? Ich konnte sie
hinter dem Bettkasten verschwinden lassen, da
würde keiner so schnell nachsehen, oder auf
dem Puppenstuhl, den meine Mutter einfach
nicht wegwerfen konnte. Zwei, drei oder vier
Bücher konnte ich schnell verschwinden lassen. Aber was war bei fünf oder sechs? Sechs

großformatige Märchenbücher mit Illustrationen. In meinem Kämmerchen war so wenig Platz: Ein Tisch, ein Stuhl, ein Bett, ein Spind. Ein wackliges Bücherregal. Alles von Ikea. Alles wacklig. Die Handwerkskünste von meinem Vater hielten sich doch sehr in Grenzen, egal was er von ihnen denken mochte. Und was war, wenn Geldscheine dazukamen? Richtiges Geld, kein Pipikram. Wenn meine Mutter auf Putztour ging unter dem Vorwand, mal so richtig abzustauben, spionierte sie mir nach. Und selbst wenn nicht, eines Tages würde sie darauf stoßen. Wohin mit den Geldscheinen? Ich dachte und dachte nach, aber mir fiel nichts ein. Übrigens hätte ich mich gar nicht so anstrengen müssen. Als ich am nächsten Samstag kam, war der Mann mit den Märchenbüchern verschwunden. Ich sah ihn nie wieder. Und die paar Geldscheine fanden ihr Heim in einer alten Sonnencremeflasche im Kleiderschrank tief versteckt zwischen Handtüchern und Socken.

Mein vierzehnter Geburtstag kam und ging vorbei, ohne dass es jemandem besonders aufgefallen wäre. Auf meinem Geburtstagstisch stand eine Karte mit „Happy Birthday", aber die hatte schon letztes Jahr dagestanden. Sie verschwand immer geheimnisvoll, um ein Jahr später wieder aufzutauchen.

Aber dann. Auf einmal beschlossen eine Menge Leute, Ernst zu machen, weil ich jetzt keine Dreizehn mehr war. Zuerst Wohlrabe.

„Tut mir leid, Isadora, tut mir wirklich leid, aber – Chorsingen ist nichts für dich. Du singst, entschuldige, du singst wie ein Esel. Es geht halt nicht. Es ist nicht jeder Mensch für alles gemacht, und du bist nicht fürs Chorsingen gemacht. Such dir halt was anderes Schönes aus."

Wohlrabe versuchte mir die bittere Pille so gut zu verzuckern wie nur möglich. Am Anfang fiel ich auch drauf rein, aber dann wurde mir klar: Es ging nur um Wohlrabe. Ich vermasselte ihm den ganzen Chor und damit die Möglichkeit, beim Chorabend in der Alten Oper zu glänzen. Für diesen Moment, einmal im Jahr, lebte er, der verfehlte Stardirigent. Das Musiklehrerdasein war ja doch nur eine lästige Nebensache. Und ich, wollte ich wirklich eher substanzbefreite Chorwerke wie „Stehn zwei Stern' am hohen Himmel" singen? In der Alten Oper? Man sah immer nur Wohlrabe. Alle anderen verschwanden. Am Ende konnte ich ihm dankbar sein, wer weiß.

Unschlüssig schlich ich durch Sachsenhausen, vorbei an Bars und Cafés, in denen ich nicht gern gesehen war. Und weil alle schon am Mich-Rausschmeißen waren, traf es mich auch gleich in der Geigenstunde. Mrs. Tennenboom beschloss, dass sie jetzt endgültig genug von mir hatte.

„Isch glaub, du ubst uberhaupt nisch mehr", sagte sie mit ihrem amerikanischen Akzent, „das bring gar nix. Vielleischt solltest du nachdenken uber dein Einstellung zu Musik."

Ich war am Boden zerstört und wollte mir selbst beispringen: Aber ja doch, ich übe noch, und ja doch, es macht mir noch Spaß – ein paar Sekunden lang glaubte ich selbst daran, dass ich noch heute Abend wieder anfangen würde zu üben. Ich sprang auf, aber da dämmerte mir: Sie hatte recht. Ich hasste die Geige und hatte mir alle die Monate etwas vorgemacht. Mein Geigenspiel klang wie Gejaule von Hunden und Katzen und würde auch nie anders klingen. Und eigentlich – tja, es war Sommer – eigentlich konnte ich auch Frau Almighurt und ihre selbstgebackenen Waffeln entbehren. Solang Sommer war, zumindest. Dann würden wir weitersehen. Auf einmal hatte dieses „Später" eine echte Bedeutung, war nicht nur eine Salzwüste, die sich ewig hinstreckte. „Später" gab's vielleicht andere Menschen, wer weiß.

„Lassen wir's einfach."

Ich packte die Geige zurück in den Kasten und schlug den Deckel zu. Ein allerletzter Schwall von Kolophonium stieg mir in die Nase. Nie wieder würde ich das Zeug riechen müssen und das war ein reines Glück.

Ich ging die Treppe hinunter. Es fühlte sich an wie eine Niederlage, aber auch seltsam leicht. Wenn mir Bettina jetzt hinterhergelaufen wäre und hätte gesagt, komm, mach doch weiter, ich hätte meinen Entschluss geändert, aber sie tat es nicht, und so blieb es dabei. Ein Glück, eigentlich.

Da war nur noch ich, die Straße und die Stadt. Ich ging den leicht abschüssigen Weg entlang, einfach der Nase nach, durch unbekannte Gegenden, einen verwachsenen Park, eine endlose Wiese, und als ich die durchquert hatte, stand ich auf einmal wieder am Main. Der große, dreckige Fluss schwappte gemächlich seiner Mündung zu. Wenn die Wellen an den Kies schlugen, klirrte es. Schade, dass man da nicht baden konnte. Meine Eltern hatten mich immer davor gewarnt, hineinzusteigen, das wäre ein Chemie-Fluss. Aber das war in der Zeit, bevor ich schwimmen konnte. Ich ließ es trotzdem.

In der Ferne die Großmarkthalle. Da waren wir als Kinder mit der Grundschule mal hingefahren. Wir durften die exotischen Früchte bestaunen und den Kränen beim Verladen zusehen, aber mit den Arbeitern reden, ihre Flüche hören, uns von ihrem Leben erzählen lassen durften wir nicht. Und hinterher mussten wir einen Aufsatz schreiben über: „Orangen aus Israel" und „Bananen aus Costa Rica". Mindestens die Hälfte schrieb die Ländernamen falsch. Das waren dann die Leute, die hier arbeiten mussten. Vielleicht sollte ich mal rübergehen und gucken, ob ich ein paar von den Arbeitern kannte. Aber die Großmarkthalle rückte immer weiter in die Ferne, je länger ich darauf zulief. Naja, vielleicht ein andermal. Jetzt, wo ich soviel Zeit hatte.

Überhaupt, wer hatte denn gesagt, dass ich an jeder einzelnen langweiligen Englischstunde teilnehmen musste? Oder Deutsch. Fritsch, Pülm und Wohlrabe machten mir nicht den Eindruck, als ob sie wahnsinnig erfreut wären, mich zu sehen. Im Gegenteil, sie schienen froher zu sein, wenn ich weg war. Konnten sie haben. Wenn sie sich nur einigermaßen schlau anstellten und wegen kleinerer Ausflüge keinen Aufstand machten. In mir begann ein Plan zu reifen. Leider nahm dieser Plan noch keine konkreten Formen an.

Ich überquerte eine Fußgängerbrücke. Sie führte auf einen Weg, aber ich lief lieber querfeldein über die matschige Uferwiese. Die Wiese endete in einem Gebüsch und ich stand ziemlich abrupt vor einem Abhang und suchte den Weg hinauf. Nach einer Weile war da tatsächlich einer – eine Treppe aus roten Sandsteinplatten, die sich in Serpentinen bergauf schlängelte wie in der Schweiz. Dann stand ich in einem kleinen runden Park, der wie ein Balkon über dem Main hing. Schön war es hier. Kein Mensch weit und breit. In der Ferne brauste der Verkehr, aber nur ganz leise. Diesen Ort musste ich mir merken, wenn ich mal einen Nachmittag frei haben wollte. Ich wusste zwar noch nicht wofür, aber irgendwas in mir ahnte es bereits. Freiheit. Das war es doch, was ich wollte, oder?

Freiheit und ein bisschen Geld. Leider war es mit dem Geld bald vorbei. Sobald Berti den Wöllstein dort hatte, wo er ihn haben wollte, brauchte ich ihn ja nicht mehr, und dann brauchte ich auch keine Marktforschung mehr für ihn zu machen. Keine Marktforschung, kein Geld. Also war es wohl ganz gut, dass Berti sich mit dem Wöllstein erst mal Zeit ließ. Jedenfalls hatte er noch nichts Entsprechendes angedeutet.

Und was war, wenn Berti mich nicht mehr brauchte? Schrecklicher Gedanke: Dann war ich außen vor! Also war es doch besser, wenn ich ihn drängte. Aber allzu sehr drängen konnte ich den Menschen auch nicht. Also ließ ich es besser wie es war.

In weiter Ferne rumpelte eine Straßenbahn. Ich folgte dem Geräusch bis zur Haltestelle. „Parlamentsplatz" stand auf dem Schild. Das musste ich mir merken. Eine Dreizehn quälte sich den Hügel hinunter. War das überhaupt meine Strecke? Egal. Irgendwo würde sie schon enden. Nach ewig langem Gerumpel und Gequietsche kam ich schließlich, oh Wunder, am Hauptbahnhof an. Da fuhr die Neunzehn zum Haardtwaldplatz und nach nochmal so langer Fahrt und viel Gelaufe kam ich daheim an.

„Wo hast du so lang gesteckt?", fragte meine Mutter. „Dir werd ich geben, rumstrunzen!"

„Bin ja nicht rumgestrunzt. Die Geigenstunde ging heute länger. Wir haben ein ganz schwieriges klassisches Duett eingeübt. Und zum Schluss hat sie uns noch zum Eis eingeladen, weil wir so fleißig waren."

„Soso, klassisches Duett. Wer's glaubt. Wenn ich dein Gekratze schon hör. Seit einem halben Jahr nimmst du jetzt Stunden und bist immer noch nicht weiter als „Morgen kommt der Weihnachtsmann." Meinst du, ich hätte das Geld für die Stunden gestohlen, meinst du das, ja? Also erzähl mir nix vom klassischen Duett."

Aber zum Glück war sie mit Putzen so sehr beschäftigt, dass sie gar nicht richtig zum Schimpfen kam.

Am Montagvormittag, nach einem brechend langweiligen Wochenende (schlechtes Wetter, schweigendes Mampfen, stupides Fernsehen) saß ich in Englisch in einer unglaublich langweiligen Doppelstunde. Die Leute kapierten mal wieder garnix. Oder wenn sie was kapierten, dann versteckten sie es sorgfältig, aus Angst vor den Anderen. Ich hörte mit einem Ohr hin, wie Fritsch zum dreißigsten Mal „if"-Sätze erklärte, obwohl wir das in der letzten Klasse schon längst gehabt hatten – du lieber Gott, ich war hier wirklich unter Idioten geraten – und las unter der Bank Cornelius Nepos. Auch nicht besser, sollte man meinen. Nepos war zum Einschlafen, manchmal las ich ihn im Bett, wenn ich mich hin und her wälzte, um dann schreckliche Alpträume zu kriegen. Immerhin, Nepos ließ sich flüssig lesen. Er war der Trittstein, Herrgott, da musste es doch einen Trittstein geben für die schöneren Autoren, Horaz, Vergil, Ovid, und wenn ich schon zum Gelangweiltsein verdammt war, dann doch wenigstens konstruktiv.

Leider gingen die anderen nicht so konstruktiv mit ihrer Langeweile um. Besonders Wöllstein und sein Club. Sie fingen an, Seiten aus ihren Heften zu reißen und aus dem Papier kleine, spitze Pfeile zu falten, die sie mit Gummis auf mich abschossen. Wahrscheinlich hatten sie die Gummis schon daheim eingesteckt, in freudiger Erwartung. Eben spürte ich wieder so ein Ding an meinem Hals, knapp vorbei an meinem Gesicht. Fabian Wöllstein guckte ganz unschuldig in sein Heft.

„Herr Fritsch", sagte ich, „der Wöllstein schießt Krampen nach mir. Setzen Sie ihn doch mal in eine andere Reihe, dass Ruh ist."

Aber Herr Fritsch setzte ihn nicht um. Er wollte sich von einer Vierzehnjährigen keine Befehle erteilen lassen. Oder vielleicht wollte er sich von einer Frau keine Befehle erteilen lassen. Schließlich war es meine Schuld, wenn Wöllstein mich terrorisierte: Warum war ich nicht so nett und zurückhaltend wie die anderen Mädchen.

Fritsch, Englisch und Sport. Vor einem halben Jahr hatte er mal zu mir gesagt: „Also dafür, dass du die ganze Zeit faul am Spielfeldrand rumgestanden bist, kann ich dir nicht mehr als eine Vier geben."

Faul am Spielfeldrand. Keiner wollte mir einen Ball zuspielen, und wenn dann wäre es sowieso nur in die Hose gegangen. Ich zuckte gottergeben die Schultern.

„In irgendwas muss der Mensch ja schlecht sein. Und Sport ist zum Glück kein Hauptfach."

Wenn Fritsch jetzt ein Mann mit Humor gewesen wäre, hätte er drüber gelacht, so treuherzig kam das raus. Aber Fritsch war halt kein Mann mit Humor. Und schon gar keiner, der sich sagen ließ, dass sein Fach kein Hauptfach war. Und seitdem mochte er mich nicht.

Er schaute nur mal kurz auf, zog ein trauriges Gesicht und sagte so gleichgültig wie es nur ging:

„Fabian, jetzt hör halt mal auf!"

Unnötig zu sagen, dass keine fünf Minuten später das nächste Geschoss flog.

Da musste etwas geschehen!

Am Dienstag saß ich wieder mit Berti im Café.

„Also wir müssen etwas tun", sagte ich. „Du hattest versprochen, den Wöllstein zu machen. Ich hatte ja gesagt, du solltest ihn langsam machen. Aber damit hab ich nicht gemeint, dass du ihn gar nicht machen sollst. Du musst einfach langsam anfangen."

„Ja", sagte Berti schäfisch.

„Wann fängst du an damit?"

„Morgen", sagte Berti.

„Morgen, morgen, mañana, mañana. Sag einen konkreten Zeitpunkt."

Er kramte wieder in der Tabakstasche.

„Weiß noch nicht."

„Ich kaufe dir das Zeug auch ab. Eine kleine Portion für den Anfang. Ich sag dir keine Namen mehr, wenn   du den Wöllstein nicht machst."

„Hab ich gehört."

Er kramte weiter und dröselte eine superdünne Zigarette zusammen. Nur eine Zigarette, kein Haschisch.

„Hör zu, Isa, diese Woche geht's sowieso nicht. Ich muss weg nach Holland, neuen Stoff holen."

„Ich denk, der stammt von hessischen Plantagen?"

„Ja, aber im Augenblick haben wir einen Engpass. Einen Lieferanten von mir hat's erwischt. Ein Kumpel hat ihm gedroht, zur Polizei zu gehen, und da hat der Depp alles weggeschafft. Cannabispflänzchen im Wert von zwanzigtausend Mark. Die liegen jetzt in der Nidda und verschimmeln."

„Bisschen voreilig", sagte ich.

„Neurotiker, sag ich doch. Aber man sucht sich seine Leute eben nicht aus."

Das dachte ich irgendwie auch.

„Und was machst du jetzt?"

„Der Bodo und ich, wir fahren nach Holland und holen neues. Und du, ja, du musst jetzt die Schwanenflugs machen. Die rechnen auf mich."

„Soso. Ich die Schwanenflugs. Und wer sind diese Schwanenflugs?"

„Zwei Mädels. Die sind auf dem Lessing. Immer freitags nach der Sechsten. Du gehst einfach in den Holzhausenpark. Ganz am Ende, neben dem Teich. Da warten sie schon. Zwei große Blonde. Die kannst du nicht verfehlen. Du sagst einfach, dass du von Berti kommst und das Übliche bringst. Die Schwanenflugs machen keinen Ärger, die sind piss-easy."

Er kramte zwei Plastiktüten mit abgepackten Portionen Haschisch heraus, steckte sie mir in die Hand - „lass schnell verschwinden" - und nach einigem Überlegen auch noch eine dritte.

„Falls sie etwas mehr wollen. Das macht dreißig Mark pro Tüte. Einen von den Dreißigern kannst du behalten."

„Wie großzügig", sagte ich.

Das war nicht das, was ich von ihm gewollt hatte. Er sollte endlich den Wöllstein fertigmachen, verdammt nochmal.

„Wann machst du den Wöllstein?", fragte ich.

„Übernächste Woche."

„Ganz bestimmt?"

„Ganz bestimmt."

„Vorsichtig aber zügig?"

„Ja-ha. Vorsichtig aber zügig."

Was blieb mir da anderes übrig. Wenn ich jetzt ausstieg, tendierten meine Chancen, dass er den Wöllstein drannahm, gegen Null. Und dann musste ich mir wieder was anderes ausdenken. Was gar nicht so leicht wäre bei Wöllsteins hyperaktiver Mama.

Es kam der Mittwoch mit einer Doppelstunde Latein. Ich las Sallust statt Cornelius

Nepos und die anderen ließen mich in Ruhe. Wahrscheinlich waren sie zu abgeschlafft. Die Mädels taten als ob sie gar nix checkten, um bloß nicht zu klug vor den Jungs dazustehen, und die Jungs taten so als ob sie ganz schliefen, um bloß nicht aufgeweckt zu werden, und König erklärte zum hundertsten Mal den Unterschied zwischen Konjunktiv Präsens und Konjunktiv Imperfekt. Alles in allem eine friedliche Schlafstunde. Ich las zum hundertsten Mal irgendetwas von „mos maiorum" und fragte mich, woher alle Menschen eigentlich den Wahnsinn nahmen, dass früher alles besser gewesen wäre. Der Mittag kroch zäh an den Fensterscheiben vorbei. Ein Jammer, den ganzen Frühling in diesem Kasten zu verbringen. Und wenn ich nach Hause kam, erwartete mich nichts als mein winziges Zimmerlein. Mein Neun-Quadratmeter-Zimmerlein. Und meine putzende Mutter, die mich zum hundertsten Mal fragte, ob ich meine Hausaufgaben gemacht hätte, als ob es sie wirklich interessierte. Wenn es doch nur einen anderen Ort gäbe, einen schönen Ort, wo ich hingehen könnte. Wenn ich doch nur weit weg sein könnte.

Da fiel mir ein, dass ich das ja konnte. Der verdammte Chor war ja vorbei, und ich hatte meiner Mutter nur noch nichts davon erzählt. Ich hatte frei, frei! Ich konnte fahren, wohin ich wollte. Aber wohin wollte ich? Da fingen die Schwierigkeiten schon an. Am besten dorthin, wo viele Blumen standen. Zuerst dachte ich an den Palmengarten, an den Zoo – aber nein, das waren so Orte, an die man mit der Schule hinging. Ein Schloss musste es sein, ein Barockschloss mit Wasserspielen und Grotten. Und einem Dschungel auf der Rückseite. Mit Palmen und Lianen. Ich ging alle Schlösser durch, die ich kannte, aber da waren nicht sehr viele. Und all die Schlösser – wie kam man da bloß hin? Ich war ja immer hingefahren worden, schwapp hin, schwapp zurück. Auf den Weg hatte ich nie geachtet. Eine ziemliche Komplikation, wie sich jetzt herausstellte. Ich ging alle Schlösser durch. Bei keinem einzigen fiel mir der Weg ein. Bei keinem einzigen. Und zwischendurch schwappte mir auch noch Sallusts mos maiorum und sein Urgroßvaterlatein im Hirn herum: eine trübe Brühe. Mos maiorum, Schloss Königstein, Schloss Weilburg, Schloss Wilhelmshöhe auf dem Hügel mit Straßenbahnen – *welcher* Hügel? *Welche* Straßenbahnen? Contumelia legium, maria superstruere – nein, das war Cicero – da, auf einmal erschien undeutlich die Form eines Schlosses, das aus der trüben Brühe aufstieg: Schloss Wilhelmsbad. Da war ich doch schon mal gewesen, vor Jahren, an meinem zwölften Geburtstag, ich konnte mich kaum noch erinnern, nur dass es schön gewesen war. Wie aus der Welt und doch nicht weit weg. Da wollte ich hin!

Auf der Treppe begegnete mir Stockheim, unser Biolehrer aus der Sechsten. Eigentlich war der Mann ganz in Ordnung. Ich erwischte ihn, bevor er fortlaufen konnte. Und wieder bewährte sich Stockheims Ganz-in-Ordnung-Sein.

„Schloss Wilhelmsbad? Bei Hanau, glaub ich. Wart mal hier einen Moment an der Treppe."

Er brachte einen Stadtplan aus dem Lehrerzimmer und zeigte mir die Haltestelle.

„Ach du lieber Gott! Das ist ja eine reine Himmelfahrt!"

Stockheim bewährte sich zum zweiten Mal: Er fragte gar nicht erst, was ich da wollte. Normalerweise sind die Erwachsenen ja so, dass sie sich vor Neugierde kaum halten können.

Ich rumpelte also mit der S-Bahn durch ewig lange Vorstädte (nie hätte ich gedacht, dass der Brocken Stadt sich so lang hinziehen könnte, ein klebriger Harzfleck mehr noch als ein Brocken), bis zu Kohlenhäfen und Industriegegenden, die immer scheußlicher wurden. Wir mussten jetzt schon weit hinterm Kaiserlei sein, dem östlichen Ende meiner Welt, und allmählich wurde mir Angst und bange, ob ich wieder zurückfinden würde. Und dann hörten die Industrieanlagen auf und die Kohlenhäfen dünnten aus und ich war in Hanau. Dort stieg ich aus. Noch ein Kohlenberg, aber wirklich nur ein ganz kleiner, und dann lief ich immer am Main entlang und die Landschaft wurde langsam schöner. Sie ließ sich Zeit damit. Die Pfirsiche blühten bereits (wenn diese rosa Bäume Pfirsiche waren, es hätten ebensogut auch Pflaumen sein können) und verströmten einen süßlichen Duft. Die Weinberge waren noch elend kahl, aber hier und da ragte schon ein grünes Blatt heraus, ein winziges durchsichtiges Blättchen, aber schon: Ein richtiges Weinblatt, wie man es auch auf den Flaschen sieht. Es streckte sich der kalten Frühjahrssonne entgegen. Und unten an dem Blatt, am Knotenpunkt, hingen auch schon die allseits bekannten Korkenzieherlocken. Noch ein Stück weiter und da ragte zwischen dem Graugrün des Flusses und dem Braungrün der Weinhänge eine schuppige Kuppel heraus wie ein Drache. Das Schloss. Ich lief darauf zu. Leider war es abgesperrt. Man konnte hineinsehen: Unordentlich. Rosa Säulen schossen unter der Kuppel auf, auf dem Boden lagen Schutt und Schmutz und zerbrochene Fensterrahmen. An den Wänden hingen verstaubte Bilder von Ahnherren und Ahnfrauen. Aber alles zerbrochen und durchlöchert, wahrscheinlich durfte damals deswegen niemand hinein. Denn abgeschlossen war das Schloss schon damals. Im Tanzsaal hing immer noch ein Kronleuchter. Die meisten Brillanten fehlten. Bei manchen Schlössern muss man ja vorsichtig sein, da kann es passieren, dass die Decke runterfällt, wenn man den Kronleuchter abschraubt.

Und der Garten. Lauter kleine dicke Putten, bemooste Springbrunnen, Statuen. Wenn jetzt die Palmen fehlten, kam ich gar nicht dazu, sie großartig zu vermissen. Und, tja, das kann man jetzt glauben oder nicht, ich sah grüne Papageien, die in den Bäumen herumflogen. Sie machten einen Höllenlärm. Ihr Gekreische klang ganz anders als das der anderen Vögel, viel höher. Man sah sie erst, wenn man ganz genau hinguckte.

Was für ein Ort. Wieviel Stunden vergangen waren, merkte ich erst, als der Himmel sich rot färbte und dann lila und dunkelblau und schwarz und ein Stern nach dem anderen erschien. Da erst merkte ich, dass ich Hunger hatte. Vorher war mir das gar nicht so bewusst geworden. Was jetzt? Ich machte einfach mal ein paar mutige Schritte durch den Park, und noch ein paar. Wenn ich immer in eine Richtung lief, musste ich doch irgendwann zum Ende kommen. Eine Weile zeigte sich nichts, dann ein paar Lichter. Ich lief darauf zu. Jetzt wurde mir allmählich wirklich bange. Dann merkte ich , dass ich vor einem Zaun stand. Einem wirklich fiesen Zaun mit Spitzen oben. Aber wieder hatte ich Glück: Ein Eisentor war in der Nähe, gesichert mit einem Kettenschloss. Der Spalt war gerade so groß, dass ein Kind seinen Kopf durchzwängen konnte. Wie ich dann am Ende nach Hause gekommen bin, weiß ich selber kaum noch. Ein Pommesmann drückte mir eine Portion Pommes in die Hand, Leute blätterten in Stadtplänen (na also, so schlimm waren die Erwachsenen ja doch nicht), S-Bahnen rumpelten, Lichter flogen vorbei und irgendwann war ich wieder zu Hause. Meine Eltern machten sich weder die Mühe zu schimpfen noch erleichtert zu sein, sie waren schon durch beides durch und hatten es verworfen. Mein Vater gab mir eine Back-pfeife:

„Bei en andern mächtste das nich." Und das war's. Alle taumelten ins Bett.

Durch die Wand hörte ich meine Mutter murmeln: „Immerwiederzurückwienfalscher-fuffziger."

4.

Am Freitag nach der Sechsten war es dann soweit: Die Schwanenflugs. Berti hatte mir den Weg genau beschrieben. Ich war noch nie U-Bahn gefahren und alles sah bedrückend klamm aus unter der Erde und trotz heller Beleuchtung sogar ein wenig melancholisch. Kaum ein Mensch stand an den Bahnsteigen. Nach fast endloser Fahrt dann ein Schild: Holzhausenstraße. Ich hatte schon nicht mehr daran geglaubt. Aus den Tiefen der Erde ans Licht gekrabbelt, drehte ich mich erst ein paarmal um die eigene Achse. Dann entdeckte ich den graugelben Klinkerbau. Das Lessing war auch nicht schöner als unser Gymnasium, obwohl es humanistisch war. Naja, ein bisschen vielleicht doch, ein Seitenbau war barockeigelb und mit Weinranken überzogen. Zuerst dachte ich, die kleine Grünanlage vor der Schule wäre der Holzhausenpark. Aber dafür war die Sache dann doch zu klein. Keine Ecken, wo man sich verstecken konnte. Und vor allem kein See. Und weit und breit keine großen blonden Mädels, wie Berti sie mir beschrieben hatte. Da wurde mir klar, dass ich mich verlaufen hatte. Eine Frau lief gerade die Straße entlang.

„Sagen Sie, wo ist denn der Holzhausenpark?"

„Ja, der Holzhausenpark."

Sie guckte etwas verwirrt. Dann zeigte sie mit dem Arm vage in eine Richtung.

„Aber sei vorsischtisch, Kind, da werden Drogen gehandelt."

Logisch, warum war ich sonst da. Aber bevor ihr das aufging, war ich schon um die Ecke verschwunden. Ich lief in Richtung, die sie mir gezeigt hatte. Am Ende der Straße sah ich etwas Weißes, Glänzendes, das beim Näherkommen dunkler wurde: Der See. Hinter dem See duckte sich ein dichtes Gebüsch aus Nadelbäumen. Das musste der Platz sein, den Berti gemeint hatte. Allerdings war das Gebüsch so dicht nun auch wieder nicht. Es fühlte sich nur dicht an, wenn man vergaß, dass die Straße unmittelbar daneben lag. Wenn ich Berti gewesen wäre, hätte ich die Mädels längst anderswohin bestellt. Aber vielleicht traute er sich nicht: wird schon gutgehen.

Ich guckte in die Ecke zwischen den Nadelbäumen. Da schälten sich aus dem Dickicht zwei Mädels heraus, groß und blond, wie beschrieben. Das mussten Senta und Elsa von Schwanenflug sein. Sie gingen zwei Schritte zurück ins Gebüsch. Ich folgte ihnen. Aber sie waren zu zweit, viel größer und stärker als ich. Was, wenn sie mir das Zeug einfach abnahmen? Und waren sie das überhaupt? Vielleicht waren sie ja ein ganz anderes Pärchen, das auf einen ganz anderen Dealer wartete. Große blonde Mädels gab es viele, und nicht alle waren am humanistischen Gymnasium. Da hatte ich eine Idee. Eine meiner ganz großen Ideen: Ich würde sie einfach auf Altgriechisch ansprechen. Dann würde ich ja sehen, ob sie Humanistinnen waren oder nicht. So wie Berti sie mir beschrieben hatte.

„Chairete o Aristai."

Die beiden glotzten mich verständnislos an. Die eine tippte sich an die Stirn. Die andere brach in ein hemmungsloses Gelächter aus. Freute mich ja sehr, dass es sie so amüsierte.

„Anabainomai apo -"

„Ja ja. Wir glauben's dir ja schon, dass du plemmplemm bist", sagte die größere, ältere.

„Ich komm von Berti."

„Schickt der jetzt schon Kinder vor?"

Also beleidigen ließ ich mich nicht. Ich war zwar etwas klein geraten, aber Kind, naja...

Ich machte einen Schritt Richtung Straße. Sollten sie doch sehen, wie sie klarkamen.

„Kinder mit Pferdeäppel", sagte die größere.

Immerhin hatte sie den Mund aufgemacht. Vielleicht war das bei ihr ja eine Ehre, wer weiß.

„Grüner Libanese-Style. Astreiner Stoff. Aber wir können es auch lassen, wenn ihr nicht wollt."

„Gib schon her."

Ich hielt ihnen ein Tütchen entgegen, aber weit genug, dass sie nicht danach greifen und weglaufen konnten. Das hatten sie auch gar nicht vor. Sie bewegten sich eher träge.

„Kostet aber dreißig Mark. Der übliche Preis, sagt Berti. Zeigt erstmal, ob ihr überhaupt Geld dabeihabt."

Langsam, ganz langsam langte die Jüngere ein Portemonnaie aus ihrer Handtasche. Ein goldenes Portemonnaie mit drei Buchstaben: „E. v. S." Ach du lieber Gott. Ein Fünfziger schielte heraus.

„Da fehlen noch zehn", sagte ich.

Jetzt bloß nicht weichwerden. Wenn ich jetzt weich wurde, würden mich die beiden nie wieder respektieren. Und das ärgerte mich. Was bildeten die sich eigentlich ein, wer sie waren. Gräfin von-und-zu Schwanenflug persönlich.

„Wenn ihr zwei Tütchen haben wollt, kostet das sechzig Mark."

Betont langsam, um mich ein bisschen zu grillen, holte die andere ihr Portemonnaie heraus und kramte und wühlte darin. Jeden Pfennig drehte sie um. Warum machte sie nicht schneller. Sie legte es doch förmlich darauf an, gefunden zu werden.

Endlich brachte Gräfin Senta einen weiteren Fünfziger ans Tageslicht.

„Wir nehmen noch eine Packung."

Hatte Berti doch richtig gerechnet.

„Ich kann aber nicht rausgeben. Da hättet ihr vorher dran denken sollen."

Hart bleiben, Isa. Wenn die beiden Gänse glauben, dich wie eine Dienerin behandeln zu können, dann lass sie dafür zahlen. Eine Weile drucksten sie herum, dann überwog die Not.

„Lass mal. Wenn der Berti nächste Woche wieder kommt, holen wir's uns wieder zurück. Wir vertrauen dir."

Sie vertrauten mir.

Wie großzügig.

Dann ging alles ganz schnell. Wir streckten jeder eine Hand mit den Dingen vor, Senta die beiden Fünfziger, ich die drei Tütchen, zählten bis drei und griffen nach der anderen Hand. In drei Sekunden war der Tausch erledigt. Wir wackelten rückwärts und fielen fast auf den Boden. Dann liefen wir weg, jeder in eine andere Richtung. Albern, irgendwie, und doch todernst.

Das Risiko hatte jetzt die Seiten gewechselt. Es war nicht allzu angenehm, mit einem Batzen Haschisch in der Gegend herumzulaufen. Klar, im Falle eines Falles konnten sie immer sagen: Das hat uns die-und-die verkauft. Aber dann wäre die Geschichte eben aus. Wenn sie's bei Berti nicht getan hatten, würden sie's bei mir auch nicht tun.

Vielleicht waren die beiden ja doch nicht so

scheiße, wie sie aussahen. Vielleicht waren sie ja sogar ganz nett, wenn man sie näher kannte. Nur hatte ich im Augenblick nicht die geringste Lust, sie näher kennenzulernen. Immerhin stimmte was Berti gesagt hatte: Sie waren wirklich pissleicht. Und vielleicht verstanden sie ja doch Altgriechisch.

Ich gondelte noch eine Weile durch die Stadt, um den Kopf freizubekommen. Die Sache machte mir mehr zu schaffen, als ich gedacht hatte. Jetzt war es kein Spiel mehr. Drogen verkaufen war ein echtes Verbrechen. Und ich war vierzehn und strafmündig. Und wenn Berti mich vorschickte, immer und immer wieder, würden sie mich eines Tages erwischen und ich würde im Knast landen. Aber was sollte ich machen. Ohne Drogenverkauf kein Berti und ohne Berti keine Hoffnung, Fabian Wöllstein jemals loszukriegen. Dann blieb der noch fünf Jahre an mir kleben. Wöllstein und seine gottverdammte Arschloch-Psychologenmutter. Das musste ein verständnisvoller Richter doch einsehen. Zumindest beim ersten Mal. Beim ersten Mal lochten sie einen noch nicht gleich ein, hatte Berti gesagt. Da könnte man sich noch rausreden und müsste nur einen Monat lang Behinderten den Arsch abwischen. Na, Bertis Wort in Gottes Ohr. Ein zweites Mal würde es nicht geben.

Bis dahin war der Wöllstein hoffentlich in der Mülltonne. Und wenn nicht, dann musste ich mir was anderes einfallen lassen. Aber ich war müde vom Mir-Was-Einfallen-Lassen. Und wohin mit dem Geld? Der Mann mit den Märchenbüchern war nicht mehr aufgetaucht, und soviel Eis konnte kein Mensch essen. Das Geld musste verschwinden, soviel war klar. Am liebsten hätte ich es in den Main geworfen, aber ich brauchte es noch, für Berti. Für den nächsten Deal. Schließlich kam mir eine Idee: Ein kleines Loch in der Matratze, ein ganz kleines, oder besser noch ein Schlitz, so flach, dass ihn keiner sehen konnte. Da lagen die Scheine dann sicher eingebettet zwischen Federn und Füllseln und jeder, der daran herumruckelte, saß erstmal in einem Haufen Gänsedaunen. Und wenn ich dann wieder Geld brauchte, konnte ich die Scheine ganz elegant mit einer Pinzette herausziehen. Einem langen, dünnen Exemplar. Sowas gab es in Aquarienläden, es kostete eine gute Stange Geld, aber Geld war ja nun im Überfluss vorhanden. Zumindest das.

„Und, wie lief's mit den Schwanenflugs?", fragte Berti mich am Dienstag.

„Nie wieder. Einmal und nie wieder. So arrogante Gänse. Erst schauen sie mich an als wär ich ein Gartenzwerg, dann tun sie so als könnten sie kein Altgriechisch, dann kramen sie in ihren Täschchen herum als hätten sie nicht die ganze Woche Zeit gehabt, sich die richtigen Scheine zu besorgen. Grad so als ob sie´s darauf anlegen würden, dass mich jemand erwischt. Und zum Schluss fällt ihnen noch ein, dass sie ja doch mehr brauchen als bestellt und ob ich ihnen nicht noch was geben könnte. Als ob ich ein Lebensmittelladen wär. Sollen sie sich das Zeug doch selber von den hessischen Plantagen pflücken."

Berti lachte.

„Arrogant mögen sie ja sein, aber dumm sind sie eben auch. Hat auch seine Vorteile, oder? Glaubst du, die spannen, dass sie dich in Gefahr bringen? Kein Stück. Für die ist das ein Handel wie jeder andere. Naja, also fast. Vielleicht ein bisschen Risiko, eine saftige Geldstrafe, eine Nacht in der Zelle – na und? Zahlt eh alles der Pappa und nach einer Woche ist es vergessen und sie sind die Helden."

„Na toll."

„Reiche Leute sind gelangweilt, Mann! Die müssen sich schon was einfallen lassen um ihre Langeweile loszuwerden."

„Du hast jetzt nicht Mitleid mit denen."

„Bisschen schon. Dafür zahlen sie dir auch einen Risikoaufschlag."

„Bist du bekloppt geworden? Ich verkauf meine Ehre nicht, verdammt nochmal, und

schon gar nicht den gottverdammten Schwanenflugs!"

Ich war laut geworden. Die Kellnerinnen
schauten zu uns herüber. Kein Liebespaar
mehr.

„Lass uns hier verschwinden. Die gucken
schon."

„Na und? Die brauchen auch ihr Kino.
Nicht so ängstlich, Fräulein Ängstlich. Aber ja,
lass uns verschwinden. Komm mit, ich zeig dir
was."

Am Schweizerplatz stiegen wir in die Straßenbahn und am Theaterplatz nochmal um in
eine Zwölf.

„Prüfling" stand auf dem Straßenbahnschild.

„Macht der gerade seine Fahrprüfung?
Sollten wir nicht besser auf einen ausgelernten
Straßenbahnfahrer warten?"

„Unsinn. Das sind nur die Besten, die hier
fahren dürfen."

Und es wäre auch gar nicht anders gegangen. Als wir losfuhren, wurde es nämlich ganz
bald richtig eng. Die Bahn schlängelte sich
durch Gassen mit ganz altmodischen Häusern,
Fachwerk und so, mit kleinen Teufelchen und
Grimassen, die einem entgegengrinsten, über
gepflasterte Straßen, haarscharf vorbei an Bür-
gersteigcafés und Obstständen, und als der
Weg später wieder breiter wurde, schraubte sie
sich in Serpentinen einen Hügel hinauf. Der

Himmel, der erst grau gewesen war, wurde immer heller und zum Schluss richtig blau. Unter uns lagen die Dächer von Hutzelhäuschen und dahinter ein Fachwerkdorf und am Horizont konnte man ganz zart die Hochhaustürme von Frankfurt erkennen. In dem Licht wirkten sie fast zerbrechlich.

„Wow", sagte ich. „Was für ein Panorama."

Nie hatte ich mir Frankfurt so höhenverstellbar vorgestellt. Von unten wirkt es ja eher flach. Und die Fahrt dauerte noch eine ganze Weile, die Bahn schraubte sich immer noch höher, bis die letzten Hochhäuser unter einer Nebelglocke verschwunden waren. Ganz hinten am Horizont glitzerte trügerisch silbrig der Main. Dann war die Straßenbahn an ihrer Endschleife angekommen. Wir liefen durch eine Allee mit diesen Bäumen mit herzförmigen Blättern, an deren Namen ich mich nie erinnern konnte. Schöne Bäume. Wieder ein paar Hutzelhäuschen, die immer hutzeliger wurden. Schließlich sahen sie aus, als wären sie aus Brettern vom Sperrmüll zusammengenagelt.

„Du lieber Gott, wer wohnt denn in sowas? Zigeuner? Oder ist das nur fürs Fernsehen?"

„Nein, da wohnen wirklich welche. Ganz arme alte Leute. Die meisten sind auch nicht mehr richtig im Kopf. Die warten einfach so lange, bis der ganze Krempel über ihnen zusammenfällt."

„Ja dürfen die das denn?"

„Dürfen, dürfen. Die Stadtverwaltung wollte die schon lange räumen lassen, aber wohin dann mit ihnen. Die kriegst du in kein Heim mehr. Lieber sterben sie da drin."

Wir gingen durch eine Art Gässchen, eher ein Zwischenraum zwischen den Häusern. Von einem schnarrte ein Schild im Wind:

„Bergner Ebbelweigärtsche".

Das Gärtsche war seit mindestens dreißig Jahren aufgegeben. Nur ein paar Glasscherben hinter einem verrosteten Gartenzaun wiesen noch auf die alte Bestimmung hin.

„Im Sommer ist es ganz romantisch hier", sagte Berti.

„Da sitzen wir auf den Bänken und kiffen und schauen in den Mond. Die alten Leute lassen uns in Ruhe. Die geht das alles gar nix mehr an."

Hinter der Brettersiedlung ging der Weg noch eine Weile weiter. Dann kreuzten wir ein Feld mit verwilderten Obstbäumen, und schließlich standen wir vor dem Eingangstor einer Schrebergartenkolonie. Berti holte einen rostigen Schlüssel aus der Tasche und schloss auf. In der Kolonie war alles verwildert. Kein Lokal, keine Schänke, kein Vereinskasten mit wichtigen Mitteilungen, wann das Laub abzuräumen wäre oder die Hecken zu schneiden. Niemand schien sich mehr so richtig darum zu kümmern. Vor einem der schäbigsten Häuschen machten wir Halt. Berti holte noch einen Schlüssel aus der Tasche und schloss das Vorhängeschloss auf.

„Willkommen im Schandfleck von Neu-Oberschlesien. Die Laube hat früher meiner Oma gehört, aber seit sie im Altersheim ist, kommt sie nicht mehr hier raus. Und meine Eltern kümmern sich nicht drum. Die wissen garnix davon. Die Bude gehört praktisch mir allein!"

Ich sah mich um. Tatsächlich, eine Berti-Bude. Haufen ungewaschener Wäsche, überall Pappteller von Pommes und Currywürsten, eingetrocknete Gläser und eine Menge Kram, den ich im Halbdunkel nicht erkennen konnte. In einer Zimmerecke stand ein Bettgestell mit einer Matratze, die auch schon mal bessere Tage gesehen hatte. Über dem Bett hing ein Poster von einem nackten Mann, der den entscheidenden Teil seines Körpers mit der Hand verdeckte. Was ein Glück, dass Berti schwul war. Wenn er hetero gewesen wäre, wäre ich schon längst davongelaufen.

Er machte sich nebenan in der Küche zu schaffen. Dort stand ein altmodischer Kohlenherd, den er umständlich anzündete. Dann holte er Wasser von der Pumpe und brachte es zum Kochen. Als es blubberte, wühlte er im Schrank und fand ein Einmachglas mit Kaffeepulver. Am Ende der ganzen Veranstaltung stand eine Kanne dampfender Kaffee vor uns.

„Hat das Wasser auch gekocht?", fragte ich. „So richtig, mit Blasen?"

„So richtig mit Blasen? Also du bist ja eine ganz Schlimme, hihihi. Nein, keine Angst, gnädiges Fräulein, alles keimfrei."

Ich wurde ein bißchen rot, weil er mich erwischt hatte. Aber der Kaffee war wirklich nicht schlecht. Mit zwei Würfeln Zucker schmeckte er sogar ganz annehmbar.

„So, und jetzt zeige ich dir meinen Vorratsraum."

Unter dem Läufer lag ein Viereck, das farblich ein klein wenig anders anders war als der Rest. Nicht viel. Man musste schon sehr genau hinsehen, um es zu erkennen. Was aussah wie eine geflickte Stelle erwies sich bald als Bodenplatte. Berti pulte ein loses Stück ab. Dahinter wurde ein Schraubschloss sichtbar. Er brachte einen Sechskantschlüssel und drehte das Schloss auf. Für etwas, was man sich seit Jahren unbenutzt vorstellen musste, ging es erstaunlich leicht.

Er zog die Klappe hoch, die sich als Falltür entpuppte. Es knirschte leise, aber sonst ging alles wie eben frisch geölt.

„Lass uns hinuntersteigen", sagte er.

Jetzt wurde mir richtig mulmig. „Geh du zuerst."

„Immer noch ängstlich? Du hast wohl Angst, ich mach die Klappe zu und lass dich da unten verschimmeln."

„Weiß man's?"

Also gut, er stieg hinunter und war nach einiger Zeit am Boden angekommen. An der Leiter hing eine Petroleumlampe.

„Meine Oma hat gesagt, wenn die Lampe ausgeht, wird es richtig gefährlich."

„Hast du auch Sprit nachgefüllt?"

„Natürlich. Erst vor drei Tagen. Du bist ein echter Angsthase, du."

Ich schaute noch nach, ob die Klappe auch wirklich ganz zurückgelehnt war, und stieg dann mit einem Seufzer die Leiter hinunter. Vielleicht war es mein Schicksal, hier unten mein Leben auszuhauchen. Ade, Abitur, ade, schönes Leben danach. Wollte ich wirklich mein Leben opfern, nur für ein paar gute Momente? Die sich weiß Gott so gut nicht anfühlten. Aber Schicksal war Schicksal, manche Leute starben an Krebs, manche in einem Flugzeugabsturz, und vielleicht würden wir alle irgendwann im Atomkrieg draufgehen. Wenn es mein Schicksal sein sollte, hier unten zu verhungern oder zu ersticken, naja, dann brauchte ich wenigstens nicht auf den Rest zu warten.

Also hinunter durch die tiefverzweigte Welt unter den Bergener Bergen. Es können nur wenige Meter gewesen sein, trotzdem fühlte es sich an wie eine Wanderung durch unendliche Stollen. Seltsamerweise war alles ausgeschildert. Auf einem rostigen Emailleschild prangte ein Pfeil: Luftschutzkeller II. Und zu meiner großen Erleichterung ein zweites Schild: Belüftungsschacht.

Zumindest ersticken würden wir hier drunten nicht. Immerhin hatte Berti den Weg schon ein paarmal gemacht und war bis jetzt immer lebend rausgekommen.

„Luftschutzkeller – ist das nicht was vom Krieg?"

„Sicher. Hier haben die Leute sich versteckt, wenn die Bomber kamen. Und einige haben's nicht mehr rausgeschafft. Du kannst die Skelette heute noch sehen, mit vergammelten Kleidern auf den Rippen. Und Nazi-Konserven. 'Schweinefett, erste Güte.'"

„Uah, pfui. Jetzt verarschst du mich aber."

„Gleich da. Nur noch um die Ecke. Der ganze Berg ist voll von solchen Gängen. Und alle enden hier, in der Gartenlaube. Das heißt, einige enden natürlich auch in anderen Gartenlauben. Und einige unten in der Stadt. Auf die Weise kann man aus der Stadt raus, wenn alles in Trümmern liegt."

Wir traten in etwas, was ein größerer Raum sein musste. Allmählich gewöhnten sich meine Augen an das Halbdunkel und ich erkannte

Bänke, die an den Wänden lehnten. Bänke auch in der Mitte des Raumes, wie in einer Straßenbahn. Das musste der „Luftschutzkeller II" sein.

Zu meiner großen Erleichterung sah ich aber weder Skelette noch Kleidungsstücke, auch keine Nazi-Konserven, sondern nur einen kleinen Lichtpunkt am Ende eines weiteren Ganges. Gegen das Halbdunkel erschien er mir geradezu überirdisch hell. In einer Ecke stand ein Vitrinenschrank. Ich lüge nicht. Ein scheußlicher Oma-Vitrinenschrank, in dem oben noch ein paar zerbrochene Teller steckten.

„Du lieber Gott, wo kommt das her?"

„Den habe ich hier runtergeschafft. Oben war er mir ja doch nur im Wege."

Konnte ich nachvollziehen. Wer wollte so ein Monstrum heute noch in der Küche haben.

Berti scharrte unter den Schrankfüßen nach einem Schlüssel und sperrte geräuschvoll auf. Im unteren Teil der Vitrine verbargen sie sich also, in Plastikfolie verpackt, dünne Lagen von Dachschiefer. Oder doch nicht Dachschiefer. Nach einer Weile, als ich mich an das Licht gewöhnt hatte und es genauer erkennen konnte, wurden die Schieferplatten rötlich, gelblich, grünlich, bräunlich, sogar bläulich.

„Sind das jetzt Haschischziegel?", fragte ich.

„Das sind Haschischplatten allerbester Qualität. Schwarzer Afghane, roter Libanese, grüner Marokkaner, sogar gelber Burmese ist dabei. Das meiste von einheimischen Zulieferern, aber einiges aus Holland."

„Du lieber Gott, hier lagert ja eine ganze Jahresproduktion. Mindestens."

„Zwei Jahre", bestätigte Berti.

„Wozu brauchst du das alles?"

„Tja. Vorrat. Man weiß ja nie, wann schlechte Zeiten kommen."

„Jetzt verarschst du mich aber wirklich. Ich denk, bei deinem Lieferanten ist die ganze Produktion in der Nidda gelandet."

„Ist sie auch. Deswegen brauch ich ja ein Lager. Der kluge Mann baut vor."

Hinter der Vitrine stand eine Kassette an einer eisernen Kette. Nicht schwer zu erraten, was da drin lauerte: Das Geld.

„Das wären ja Werte von Tausenden", sagte ich, ehrlich beeindruckt.

„Ungefähr zwanzigtausend", sagte Berti. „Tja, davon lässt es sich schon ein Jährchen oder zwei aushalten. Auf Gomera vermutlich noch viel länger."

„Gomera? Ist das jetzt so eine bitterarme Karibikinsel, wo fette schwarze Mamis Fisch in drei Jahre altem Öl rösten? Original im Stahlfass? Zieht´s dich da hin?"

„Naja, man kann an *allem* die schlechten Seiten sehen."

„Ich meine ja nur. Ist das nicht die Insel mit den schwimmenden Schweinen?"

„Nein, keine schwimmenden Schweine. Nicht mal fliegende Schweine. Nur Palmen, Meer und coole Leute. So wie Goa in den Sechzigern mal war."

„Du willst also auf eine Hippie-Insel ziehen?"

„Nicht für die ganze Zeit natürlich. Nur wenn es hier in Deutschland so richtig kalt und ungemütlich wird – also etwa neun Monate im Jahr. Den Rest der Zeit bleibe ich hier."

„Hm. Wird dir das nicht langweilig da unten? Nur Palmen und Haschischrauchen?"

Berti lachte. „Isadora, eins muss man dir lassen, du bist echt originell. Manchmal sogar cool. Naja, fast. Du bist die Erste, die mich das fragt. Alle anderen löchern mich immer nur: 'Wovon willst du leben?' 'Wovon willst du leben?' 'Wovon willst du leben?' Wie ein Kratzer in der Platte."

„Ja braucht man denn irgendwas auf einer Hippie-Insel?"

„Naja, ein bisschen was schon. Warte, komm rauf, ich erklär dir das alles. Hier unten wird's mir allmählich zu ungemütlich."

Wir gingen den gleichen Weg wieder zurück. Diesmal kam er mir kürzer vor, obwohl die Petroleumlampe empfindlich flackerte.

„Ich geh voran", sagte ich, als wir an der

Leiter standen, obwohl es diesmal nur eine Formalität war. Berti hatte anscheinend wirklich nicht vor, mich hier verdursten zu lassen.

„Warum zeigst du mir das alles?" , fragte ich, als wir den restlichen Kaffee austranken.

Berti tat noch einen großen Schluck. Dann räusperte er sich.

„Ich will mich vergrößern."

„Ja bist du denn nicht groß genug?"

Ich sah an ihm hoch und runter. „Wie groß willst du denn noch werden? Zwei Meter fünfzig?"

Er lachte, aber es klang nicht fröhlich.

„Nein, das mein ich natürlich nicht. Ich will den Handel vergrößern. Ich will davon leben, verstehst du."

„Berti, du bist plemmplemm. Davon leben. Wie lang willst du davon leben? So lang, bis du erwischt wirst."

„Ich lass mich nicht erwischen. Bis jetzt halten sie alle dicht, und das werden sie auch in Zukunft tun. Aber das reicht nicht. Ich will nur drei Monate im Jahr in Deutschland wohnen. Naja, vielleicht vier. Und in der Zeit muss ich soviel Geld verdienen, dass es für die restlichen neun Monate reicht. Ich suche mir einen Stellvertreter für die Zeit. Und wenn ich weg bin, dann verpfeift mich auch keiner."

„Naja." Die Logik erschloss sich mir nicht

so ganz.

„Und dafür reicht's nicht. Nicht im Augenblick. Und es wird mir auch jetzt schon zuviel. Ich muss die Schwanenflugs auf dem Lessing machen, Kiki Berchtold von der Musterschule, den Stürzler, den Böckler, den Webster vom Gagern, dann noch deinen Zottel und deinen Wöllstein – das wolltest du ja so unbedingt – da komm ich nicht mehr mit, verstehst du? Verstehst du? Das wird mir einfach zuviel. Und doch reicht es nicht."

„Tja. Dann musst du dir etwas anderes überlegen."

„So? Was denn?"

„Versuch's doch mal mit guter alter Arbeit."

„Das ist die beschissenste Idee aller Zeiten. Das taugt noch nicht mal für Plan Z. Oder hast du vor, in einem Supermarkt Regale einzuräumen? Oder in einem Scheißbüro Briefe zu sortieren? Oder – naja, du bist ja so zierlich gebaut, du könntest ja alten Omas die Taschen tragen."

„Ach, Berti, jetzt sei aber nicht fies!"

„So, bin ich das? Denk doch mal nach, Isa. Du weißt doch, was uns blüht."

Er rührte in seinem Kaffee, obwohl der Zucker längst zergangen war und starrte eine Weile aus dem Fenster.

Eine deutsche Universität. Glaubte ich im Ernst daran, dass sich da was änderte? Die

Pauker hießen dort Professoren, das wäre alles. Dr. König hieße dort Professor Patzer. Ich könnte mir den Typen ja mal anschauen, zur Abschreckung. Vielleicht wollte ich dann ja gar nicht mehr Altphilologie studieren.

„Und wenn du glaubst, dass sie dich als Frau ernstnehmen", sagte er boshaft, „dann bist du aber ganz schief gewickelt. Ein bisschen lassen sie dich studieren, weil man das Frauen halt heutzutage lässt. Aber wehe, du bewirbst dich um einen Job. Wehe, du bist ernsthafte Konkurrenz. Da räumen die dich ab, das hast du nicht gesehen!"

Berti hatte recht. Klar, wer auf eine Universität ging, der wollte auch einen Job. Einen gescheiten Job. Warum ging er sonst dorthin. Angeschissen waren wir, weil wir jung waren und die Alten das Geld hatten. Und wenn das Geld dann endlich da war, waren wir selber alt. Oder es kam der Atomkrieg. Oder Krebs. Oder sonst irgendeine Katastrophe.

„Oder der Wehrdienst, für mich als Mann."

Aber nicht mit ihm, nicht mit Berti. Er gedenke nach Berlin abzuhauen, da sei das Leben billig und Wehrdienst gebe es dort auch keinen. Jedenfalls für ein paar Monate oder Jahre, bis Gras über die Sache gewachsen sei. Dann werde man weitersehen. Soweit der Plan. Selten hatte ich Berti, den coolen, gelassenen, wenn auch etwas verschlafenen Berti, so in

Rage gesehen. Ein Glück, dass die Hütte weitab von der Zivilisation lag, so konnte uns keiner hören.

„Und was hat das jetzt mit mir zu tun?", fragte ich, um ihn wieder auf den Boden runterzuholen.

„Du musst die Schwanenflugs machen. Und Kiki Berchtold. Die sind dumm wie Brot, glaub's mir, da passiert nix."

Da hatte ich es. Schwanenflugs für immer. Und eine Kiki. Und vielleicht war die Geschichte mit der hochgegangenen Plantage auch nur eine Erfindung gewesen. Er brauchte einfach mehr Stoff und wollte mich die beiden „machen" lassen, das war alles.

„Ach, Berti."

„Ach Isadora, du rote Zora."

„Woher weißt du denn, dass nicht ich dich verpfeife?"

Berti lachte. „Weil du nicht bekloppt bist. Weil dann dein ganzes gottverdammtes Scheißleben wieder anfinge. Kein Geld und den Wöllstein am Hacken. Glaubst du, die würden dir dafür einen Orden verleihen? Unsere Heldin? Die würden dich schief angucken, weil du in *Drogenkreise* geraten bist. Und die gefuckte Mama vom Motherfucker hätte leichtes Spiel mit dir, weil dir keiner mehr glauben würde. Kleine Isadora, wenn du das alles nicht von Anfang an gewollt hättest, dann wärest du jetzt nicht hier."

Berti der Menschenkenner. Er wusste, wo die Menschen verletzlich waren.

„Also wenn ich schon deine Schwanenflugs machen soll, dann nicht wieder dort. Nicht in dem Gebüsch. Der Park ist nicht mehr sicher. Sag den beiden, sie müssen zum Parlamentsplatz kommen. Freitags um zwei. Wie du das anstellst, ist dein Bier. Sie müssen sich halt was für ihre Mama einfallen lassen, warum sie so spät zum Mittagessen kommen. Warum soll ich das ganze Risiko alleine tragen?"

Ich dachte daran, wie Senta und Elsa mich mit ihrem dummen Fünfziger hingehalten hatten.

„Ich bin auch Gymnasiastin, genau wie die, und nicht irgendwas, was man unter einem Kanaldeckel rausgezogen hat. Sag denen das."

„Sag ich."

„Und nur Gymnasiasten. Die anderen machen zuviel Ärger. Und nur Mädels. Bei mir nur Mädels."

„Jah, jah, jah."

„Und den Wöllstein machst du jetzt wirklich am Donnerstag nach der Sechsten."

„Jah, Frau Oberst, zu Befehl, jah, jah, jah."

5.

An diesem Donnerstag hatten wir schon nach der Fünften aus. Wenn Berti jetzt zu spät dran wäre. Aber der hatte es irgendwie gerochen und stand schon eine halbe Stunde früher da. Ganz unauffällig gammelte er beim Schultor herum. Ich winkte ihm, zog meinen Anorak aus (darunter hatte ich einen tarngrünen Pullover an) und verschwand im Blätterwerk. Berti hatte mich angeblich nicht gesehen.

Nach einer ganzen langen Weile kam Fabian Wöllstein endlich aus der Vordertür gehumpelt. Er humpelte wirklich. Allein, ohne seinen Club, wie wenn er allein sein wollte. Es hatte eine Englischarbeit gegeben und er hatte mal wieder eine Vier eingesackt. Normalerweise wären da jetzt Leute um ihn herum, die ihn trösten würden, Einstein hatte auch schlechte Noten, was soll der Geiz, und so. Aber vielleicht war eine Vier in Englisch auf einmal nicht mehr cool. Er tat mir fast leid, wie er da entlangschlich, aber, jetzt war eben nicht mehr die Zeit für Mitleid. Zu spät, Wöllstein.

Berti stand ein Stück abseits, versteckt hinter einem Baum. Kommen lassen, immer kommen lassen. Erstmal beobachten.

Er schaute dem Weg nach, den Wöllstein wahrscheinlich nehmen würde. Dann ging er langsam, betont unabsichtlich auf ihn zu.

„Na, Chef? Wie geht's denn so?"

Fabi Wöllstein guckte ihn misstrauisch an.

„Du siehst ja aus als hätt's dir die Gerste verhagelt. Jetzt guck nicht so. Willst du eine?"

Er langte in eine Plastiktüte und brachte, soweit ich sehen konnte, eine fertig gedrehte Zigarette heraus. Wöllstein nahm sie mit süß-sauerem Gesichtsausdruck. Berti drehte sich auch eine, setzte sich auf die Stange und rückte seinen schmalen Hintern umständlich zurecht. (Kommen lassen. Immer kommen lassen.) Sein Glück, dass er Wöllstein in einer so trost-bedürftigen Situation erwischt hatte.

„Nun sag schon, was ist dir denn passiert?"

„Nix."

„Von nix kommt nix."

Die beiden saßen eine Weile schweigend paffend da.

Auf einmal lief Fabian Wöllstein eine Träne über die Backe. Oder war das nur vom Rauch.

„Was is 'n, Chef?"

„Nix. Krach."

Nach einer ganzen langen Weile kam Fabi-an Wöllstein endlich aus der Vordertür gehum-pelt. Er humpelte wirklich. Allein, ohne seinen Club, wie wenn er allein sein wollte. Es hatte eine Englischarbeit gegeben und er hatte mal wieder eine Vier eingesackt. Normalerweise wären da jetzt Leute um ihn herum, die ihn trösten würden, Einstein hatte auch schlechte

Noten, was soll der Geiz, und so. Aber vielleicht war eine Vier in Englisch auf einmal nicht mehr cool. Er tat mir fast leid, wie er da entlangschlich, aber, jetzt war eben nicht mehr die Zeit für Mitleid. Zu spät, Wöllstein.

Berti stand ein Stück abseits, versteckt hinter einem Baum. Kommen lassen, immer kommen lassen. Erstmal beobachten.

Er schaute dem Weg nach, den Wöllstein wahrscheinlich nehmen würde. Dann ging er langsam, betont unabsichtlich auf ihn zu.

„Na, Chef? Wie geht's denn so?"

Fabi Wöllstein guckte ihn misstrauisch an.

„Du siehst ja aus als hätt's dir die Gerste verhagelt. Jetzt guck nicht so. Willst du eine?"

Er langte in eine Plastiktüte und brachte, soweit ich sehen konnte, eine fertig gedrehte Zigarette heraus. Wöllstein nahm sie mit süßsauerem Gesichtsausdruck. Berti drehte sich auch eine, setzte sich auf die Stange und rückte seinen schmalen Hintern umständlich zurecht. (Kommen lassen. Immer kommen lassen.) Sein Glück, dass er Wöllstein in einer so trostbedürftigen Situation erwischt hatte.

„Nun sag schon, was ist dir denn passiert?"

„Nix."

„Von nix kommt nix."

Die beiden saßen eine Weile schweigend paffend da.

Auf einmal lief Fabian Wöllstein eine Träne

über die Backe. Oder war das nur vom Rauch.

„Was is ´n, Chef?"

„Nix. Krach."

„Tja. Schon Mist, wenn man jung ist. Niemand will wissen was du kannst. Alle wollen dir beweisen was du *nicht* kannst. Und dann geht das dreizehn Jahre so weiter. Du denkst, im Studium ändert sich das? Keine Chance."

Fabian Wöllstein starrte in die Luft und dachte darüber nach. Ich konnte sehen, wie es in seinem kleinen Gehirn arbeitete.

„Wie meinst 'n das?"

„Naja, ganz einfach. Mal angenommen, du bist ein Genie auf dem Klavier oder auf der Gitarre. Du kannst die tollsten Riffs spielen, du stehst beim Konzert in der Schulaula und spielst alle Mädels um den Verstand – und am nächsten Tag wachst du trotzdem in deinem Scheiß-Kinderzimmer auf und deine Mutti sagt: 'Sve-hen' – oder wie heißt du?"

(Natürlich wusste Berti, dass Fabian Wöllstein Fabian Wöllstein war. Ich hatte ihm das alles ausführlich erklärt, auch was mit seiner Mutter los war. Er musste schließlich wissen, woran er war. Trotzdem hielt er es für klüger so zu tun, als würde er ihn kaum kennen.)

„Fabian", sagte Fabian Wöllstein.

„Fa – bi – an, wann räumst du endlich den Geschirrspüler aus? Und warum müssen deine Socken die ganze Zeit unterm Bett liegen?"

Er machte eine zickige Mutti-Stimme nach.

„Und deine Note in Englisch, das ist ein Skandal! Ein Skanda-hal! Und in Mathe sieht es auch nicht besser aus – wenn du so weitermachst dann wirst du noch sitzenbleiben! Jaha, dann hängst du noch ein Jahr länger auf der Schule rum, und das geschieht dir re-hecht!"

Wöllstein starrte in die Luft und machte sich so seine Gedanken.

„Hach, ich weiß, was ich mache", fuhr Berti in der zickigen Mutti-Stimme fort, „wenn sich deine Mathe-Note nicht in nullkommafix ändert, dann nehm ich dir die Gitarre weg, und du darfst so lange nicht mehr spielen, bis du endlich eine Zwei in Mathe hast!"

Berti ließ den Satz erstmal wirken. Er blies umständlich einen Rauchring in die Luft und sah ihm hinterher.

„Die alte Schachtel weiß nämlich ganz genau, womit sie dich erpressen kann. Naja, meine weiß es. Und dann – also angenommen – da sitzt du dann da und büffelst dir den Arsch ab und wirst immer schlechter auf der Gitarre. Du könntest ein Star sein, aber nein, das wollen die Alten ja nicht. Die wollen keine Stars, die wollen, dass du genauso mittelprächtig wirst wie sie. Vielleicht ein bisschen besser, ein ganz itzibitzibisschen, aber nicht so, dass du sie ernsthaft in den Schatten stellst."

Fabian Wöllstein zuckte die Schultern.

„Wahrscheinlich machen sie sich Sorgen."

„Klar machen sie sich Sorgen. Um sich. Um die eigene Bequemlichkeit. Denk mal nach: Wenn´s gut läuft, zeigst du ihnen, was für Versager sie sind. Wenn´s schlecht läuft, müssen sie dich irgendwo raushauen. Und das kostet ihre kostbare Zeit und ihre Nerven. Also besser nix riskieren. Was machen sie? Sie halten dich von allem ab, bis du alt genug bist, dass sie sagen können: 'Se-hel-ber schuld! Sieh zu, wie du da wieder rauskommst!'"

Da war wieder die zickige Mutti-Stimme.

„Und dann bist du alt genug, dass sie dich auf den kilometerlangen Lauf schicken, wo du die sauern Trauben von der Gesellschaft aufsammeln darfst, eins nach dem andern, immer schön bücken. Und dann darfst du ihre Rente verdienen."

„Ich spiel ja nicht Gitarre", sagte Wöllstein schäfisch.

„Oder irgendwas, ist doch egal. Kumpel, es lohnt sich nicht, an seinen Schwächen zu arbeiten. Konzentrier dich auf deine Stärken. Mach, wozu du dich berufen fühlst."

„Berufen."

Fabian Wöllstein lauschte dem Klang des Wortes hinterher und paffte weiter an seiner geschenkten Zigarette. Vorsichtig, um nicht zu brechen, aber doch so, dass es cool wirkte.

„Ich fühl mich aber gar nicht zu irgendwas

berufen, irgendwie. Höchstens am Strand rumzuliegen und mir die Sonne auf den Bauch scheinen zu lassen. Ich mein', was soll ich denn sonst mit meinem Leben anfangen?"

Und hier, an dieser Stelle, offenbarte sich Bertis taktisches Genie. Er mochte grenzwertig bescheuert sein, aber er war eben auch ein Genie. Was macht man mit jemandem, der einfach kein Star werden *will*? Der sich theoretisch nichts vergibt, wenn er Bankangestellter wird? Da fehlt doch irgendwie die Fallhöhe, oder? Berti beschloss, volles Risiko zu gehen.

„Dann tu's doch", sagte er schlicht. „Tu's doch einfach. Oder willst du Oberpostdirektor werden, um deinen Papa zu beeindrucken? Ist dein Papa das wert, dass du ihn beeindruckst?"

Wöllstein guckte süßsauer. Natürlich war sein Vater das nicht wert. Er hatte schließlich die Familie im Stich gelassen, wie ich Berti lang und breit auseinandergesetzt hatte. „Höhöhö, und woher soll das Geld kommen? Wenn ich nur am Strand liege, verdien ich ja nix, wovon soll ich da leben? Taxifahren oder aus Mülltonnen fressen?"

Berti winkte ab. „Du *kannst* natürlich auch Oberfinanzdirektor werden, wenn du kannst. Wenn du glaubst, dass dir das besser passt. Oder Regierungsdirektor im Verteidigungsministerium. Aber dann muss ich dir sagen, tja, leider, leider, Kumpel, da bist du auf keinem guten Weg. Für sowas muss man sich nämlich anstrengen. Also richtig. Einser bringen und sowas. Jahrelang. Jahrzehntelang. Da hast du nämlich eine Menge Mitbewerber, Kumpel. Und die sind garantiert *etwas* fleißiger als du."

Berti qualmte erstmal eine Weile, um die Erkenntnis sinken zu lassen. Und da sank sie dann. Und sank. Ganz langsam driftete sie zu den Tiefen des Meeresgrundes. Und während sie noch so sank, veränderte sich Fabian Wöllsteins Gesicht. Von verdutzt zu beleidigt zu schockiert. Die Berufe, die man nicht mal gewollt hat, die wollen einen auch nicht! Zu faul! Zu schlechte Noten! Hinten gekreuzte Finger! Das war mehr als er ertragen konnte. Jetzt spuckte er wirklich, obwohl das super-uncool aussah, spuckte noch mehr und kotzte schließlich ein paar Schwaller in die Rabatten.

Berti sah zufrieden drein. Er mochte keine große Leuchte sein, aber er wusste, wann er jemanden dort hatte, wo er ihn hinhaben wollte.

„Ja, Kumpel, die Welt ist leider nicht so gebaut, wie du sie dir vorgestellt hast."

„Was soll ich da machen?"

„Geld, Kumpel. Die Leute reden dir ein, dass du Karriere machen musst, um Geld zu verdienen. Dass du *Anerkennung* einheimsen musst. Warum wollen sie, dass du Karriere machst? Na klar, weil sie dich dann in der

Hand haben. Ohne Männchen kein Fresschen. Aber Geld ist auch nur Geld, alter Junge. Fabian, richtig. Die blaue Tussi sagt niemandem, ob du sie gestohlen oder erarbeitet hast oder sonstwas. Wenn du dich nur richtig umschaust, Geld gibt's überall."

„So? Wo denn?"

„Naja, du könntest Taxifahren oder eine Beratungsfirma für irgendwas aufmachen -"

Wöllstein guckte verdrossen - „oder du könntest Haschisch verticken! Da ist eine Menge Geld drin, wenn du es gescheit anfängst."

Moment mal. Das gab's doch gar nicht. Das war doch die gleiche Geschichte wie bei mir! Das war doch original die Geschichte, die Berti mir auch erzählt hatte. Und damit hatte er mich soweit gekriegt, dass ich die Schwanenflugs bediente. Wollte der den Wöllstein überhaupt fertigmachen? Oder wollte er ihn dazunehmen? Welches Spiel spielte Berti eigentlich, seins oder meins?

Ich musste wohl im Gebüsch geraschelt haben. Berti und Wöllstein drehten den Kopf zu meiner Seite. Ruhig, Isa, ruhig. Ich hielt mich so still, dass ich kaum meinen eigenen Atem hören konnte.

„Schau mal hier, Kumpel", sagte Berti, „das ist bester Stoff, grüner Marokkaner, so sieht er aus!"

Er hielt ganz plötzlich ein grün-graues Plättchen hoch in die Luft.

„Sowas kriegt man so schnell nicht überall. Da kannst du jeden Preis für nehmen. Wenn du die richtigen Leute findest, kannst du das Zwanzigfache von dem verlangen, was du selbst ausgegeben hast. Du arbeitest zwei Tage und den Rest der Woche hast du Ruh."

„Dazu muss ich erstmal die richtigen Leute finden."

„Die würde ich dir dann schon zeigen. Aber jetzt musst du erstmal probieren, damit du überhaupt siehst, was für ein edles Zeug du da vernaschst."

Er fragte ihn gar nicht erst, ob er schon gekifft hatte, sondern drehte einen riesengroßen Joint und hielt ihn ihm hin. Wöllstein nahm ein paar Züge und spuckte, Berti gab vor, das nicht zu sehen. Er drehte sich selber einen. Wöllstein inhalierte eine Weile genüsslich.

„Siehst du, das haut voll rein."

Auf einmal sackte Fabian Wöllstein von der Stange und fiel auf den Boden. Er schlief, wie wenn er drei Glas Wodka getrunken hätte. Berti klappte ihn ohne Umstände zu einem Bündel zusammen, trug ihn ein Stück weiter und drapierte ihn hinter dem Kletterrosenbogen „Madame Bovary": Nicht zu offensichtlich und nicht zu versteckt. Da blieb er liegen.

Dann winkte er mit dem Kopf in meine

Richtung. Ich drehte mich aus dem Blattwerk und lief rückwärts, Wöllsteins Kletterrosen immer im Blickfeld, bis ich weit genug weg und ein fetter tarngrüner Punkt war. Was man in bekifften Träumen halt manchmal so sieht.

„Glaubst du, er wird dich verraten?", fragte ich, als wir wieder im Café saßen.

„Ach was, der ist doch so stoned, wenn der aufwacht, kann der zwei Stunden lang nicht mehr bis drei zählen", sagte Berti.

Stoned, gesteinigt, das passte.

„Aber danach?"

Berti winkte ab. „Gib dem mal drei Tage Zeit, die ganze Sache zu verarbeiten. Oder so. Der hält mich doch für eine Halluzination. Und wie soll er denn den Leuten begreiflich machen, dass eine Halluzination ihn zum Kiffen überredet hat? Die lachen sich ja krumm und scheckig."

„Und nach den drei Tagen?"

„Dann komm ich wieder und verabreiche ihm mehr. Diesmal eine ordentliche Dosis. Das wirkt. Wirst schon sehen."

Drei Tage später war es dann wieder soweit. Berti schaute, dass er den Wöllstein allein antraf – im Rosengärtchen, durch Bäume und Hecken genauso gut abgeschirmt wie durch eine Mauer. Kein Mensch weit und breit. Außer mir natürlich, versteckt im Gebüsch.

„Hey – wie war´s?"

„Was?", fragte Wöllstein, aber er schaute, als wäre er einem Gespenst begegnet. Berti wirkte wohl nicht sehr vertrauenerweckend in seiner Hippiekleidung.

„Na die Erfahrung, Mann! Warst du gut drauf?"

„Weiß nicht."

„Na wenn du nicht gut drauf warst, musst du´s unbedingt nochmal probieren. Das ist wie beim Sex: Das zweite Mal ist immer besser als das erste Mal. Na los, rauchen wir zusammen einen. Mit einem Joint ist der Tag dein Freund, merk dir das."

Berti setzte sich auf eine Bank und drehte einen für sich und einen für Wöllstein. Der griff zu, widerwillig. Berti rauchte, er schien es zu genießen, er kicherte. Wöllstein kicherte mit.

„Ich hab noch ein paar bunte Pillen", sagte Berti. „Komm schon, eine. Man muss sich auch mal was gönnen."

Berti steckte sich selbst eine in den Mund, Wöllstein wollte kein Spielverderber sein und nahm zögerlich die zweite. Eine Weile passierte nichts. Beide starrten selig in die blanke Luft. Nach einer Weile taten mir die Füße weh und ich musste mich hinsetzen, so leise es ging. Leider nicht leise genug: Fabian Wöllstein kriegte plötzlich Angst.

„Hörst du das? Eine Ratte! Eine riesengroße Ratte! Die stöbert da rum! Ich seh ihren Schwanz! Wie ein Gartenschlauch!"

„Hihi, eine Ratte so groß wie ein Kaninchen. Eine Kaninchenratte! Nein zwei! Nein zehn! Tausende von Kaninchenratten! Aber keine Angst, die laufen an uns vorbei, die laufen zum Meer. Das sind Lemminge, weißt du? Die schmeißen sich ins Meer."

Ich sah die Ratten jetzt auch. Tausende von ihnen. Sie marschierten alle gehorsam in einer langen Prozession Richtung Mittelmeer. Ich kicherte über den Anblick. Ein paar Sekunden lang. Dann wurde mir klar, dass dieser Anblick ja gar nicht da war. War es möglich, dass ich einen Rausch kriegte, ohne Drogen? Waren Räusche ansteckend? Wöllstein sah in meine Richtung.

„Da ist was im Busch! Was Grünes! Es bewegt sich, Mann!"

„Ein Monster! Jetzt seh ich es auch! Ein fettes, haariges grünes Monster! Wolln wir das grüne Monster mal angucken? Liebes Monster komm heraus, raus aus deinem Blätterhaus! Es gibt auch was Gutes zu schlecken! Na, was ist? Willst du nicht?"

Wieder wäre ich fast aus dem Gebüsch gestürzt und hätte Berti beim Kragen gepackt: Bürschchen, willst du mich verraten? Du sollst den Wöllstein machen, stattdessen verrätst du mich! Aber dann dämmerte mir, dass es eine Art Prüfung war. Eine Vertrauensprobe. Berti machte es halt Spaß, mich zu verarschen. Er meinte das gar nicht mal böse. So war er nun mal. Ich hielt den Atem an und bewegte mich so wenig wie möglich.

„Na, dann eben nicht! Bleib nur drin, altes Monster. Verdrücken wir´s eben alleine. Hier, lieber – wie heißt du nochmal ? - lieber Fabian, roter Libanese, probier doch mal."

Wieder nahm Fabian Wöllstein ihn widerwillig, wieder rauchte er, bis er einschlief oder zumindest tief döste. Wieder schaffte Berti ihn ins Gebüsch und machte sich nach einer Weile davon.

Auch ich schälte mich vorsichtig aus dem Blattwerk. Diesmal tastete ich mich am äußeren Rand entlang und verschwand auf der anderen Straßenseite.

„Wievielmal soll das noch so sein?", fragte ich Berti.

„Noch zwei oder dreimal, dann haben wir´s", sagte er.

„Ich denk, das Zeug macht nicht abhängig?"

„Naja, nicht direkt körperlich, aber geistig. Vielleicht. Ein bisschen."

„Das muss ganz schön ins Geld gehen."

Ich streckte ihm einen Fünfzigmarkschein hin.

„Lass stecken", sagte er. „Ich betrachte es als Investition. Mach du weiter deine Runde und alles ist in Ordnung."

„Hast du nicht Angst, dass er dich bei König anzeigt?"

„Der? Der erkennt mich doch kaum. Ich seh ja aus wie Puff the Magic Dragon."

Das stimmte allerdings. Berti lief herum wie eine Mischung aus Penner und Guru, wenn er den Wöllstein heimsuchte, und wenn ich nicht gewusst hätte, dass er es war, hätte ich ihn auch nicht wiedererkennen können, geschweige denn König.

„Außerdem war ich das letzte Mal nicht da. Und dieses Mal – tja, da richte ich es eben so ein, dass er nicht da ist."

Am nächsten Tag im Unterricht sah ich Fabian Wöllstein zu. Er wurstelte unter der Bank mit irgendetwas herum, kümmerte sich nicht um seinen Club, der zu ihm hinsah, sondern vertrollte sich mitten in der Stunde Richtung Klo. Er schien allein sein zu wollen. Ohne ihn machte es den anderen aber keinen Spaß. Also ließen sie mich in Ruhe. So ging es bis zur zweiten großen Pause. Er nestelte, er fummelte, er starrte aus dem Fenster, und wenn man ihn ansprach, reagierte er nicht. Allerdings fiel das nicht weiter auf. Wie auch. Da saßen an die vierzig Schüler herum, und so eine Stunde muss am Ende ablaufen wie ein gut getaktetes Theaterstück von fünfundvierzig Minuten. Zweimal müssen falsche Antworten kommen und am Ende die richtige. Da kennen die Schaffraths und Königs schon ihre Pappenheimer und Wöllstein gehörte definitv nicht dazu. Sie waren froh, dass er das Maul hielt, und als er nach der Vierten verschwand und nicht zurückkam, störte das keinen. Und auch die ganze restliche Woche – du lieber Gott, wen kümmerte ein Wöllstein? Mittwochnachmittag verdrückte ich mich in den Wald, Donnerstag kam ich zufällig am Café Südstern vorbei, wo Stockheim und Dröse-Mühling beim Rotwein aus der Korbflasche zusammensaßen und spielten es wäre wieder Achtundsechzig und Schaffrath in einer finsteren Ecke sein Bier süffelte. Niemand sah aus als würde er Wöllstein besonders vermissen.

Am Dienstag in der Achten strömten die Griechisch-Lernwilligen in Königs Klasse. Ich linste unauffällig: Kein Wöllstein. Vielleicht käme er später, zittrig und verkatert. Aber nein. In letzter Sekunde, als alle schon saßen, kam auch Berti hineingewackelt. Er wirkte schwach auf den Beinen, aber durchaus noch zurechnungsfähig. Ich machte ihm Zeichen, aber er ignorierte sie.

Wir nahmen die Deponentien durch. Das sind Verben, die kein Aktiv haben. Ich kannte das schon von Latein und nahm es schweigend hin. Die anderen kämpften mehr. Berti starrte halb gelangweilt, halb verständnislos an die Tafel, ich bezweifelte, dass er noch lange weitermachte. Überhaupt hatten die Reihen sich sehr gelichtet.

„So ist es immer", sagte eine Abiturientin, die auch bei König das Graecum gemacht hatte, „mit dreißig Leuten ziehen sie los und am Schluss sind's noch drei."

Schöne Aussichten.

In der Fünf-Minuten-Pause sprach ich Berti an. „Was ist mit ihm? Was hast du mit ihm gemacht?"

Aber Berti klimperte mit den Wimpern und tat sehr überzeugend so als ob er keine Ahnung hätte, wovon ich sprach. Da saß ich die letzte Dreiviertelstunde wie auf Kohlen und versuchte verzweifelt, mich auf die Deponentien zu konzentrieren. Endlich ging auch diese Stunde zu Ende.

„Und?"

„Nix und. Schnarcht selig wie ein Igel."

„Doch nicht vor der Schule!"

„Na-hain, Fräulein Ängstlich. In der Hecke vom Rosengärtchen. Tja, das war's dann wohl. Einmal noch, und er wird zahlen müssen."

„Ist er jetzt süchtig?"

„Naja, nicht so richtig. Es macht nicht süchtig, wie oft soll ich es noch sagen. Es fehlt einfach nur was, wenn man keins hat. Der Tag erscheint einem so grau und so bähbäh, so wie wenn man neun Jahre in die gleiche Schule gehen müsste eben."

„So wie uns."

„Genau. Und dann zehn Jahre in dieselbe Firma. Und dann nochmal zwanzig Jahre in eine andere Firma. Und dann zwanzig Jahre langweilen. Aus, tot, fertig."

Büffeln, schuften, langweilen, aus, tot, fertig. Berti hatte eine Art, die Dinge präzise auf den Punkt zu bringen.

„Und du machst weiter die vom Lessing, sonst überleg ich mir´s noch."

„Nur wenn sie zum Parlamentsplatz kommen."

„Ja, ja, ja."

Berti hatte mich in der Hand. Wer konnte, der konnte.

Später sah ich Fabian Wöllstein immer fahriger zum Unterricht kommen und sich in den Pausen heimlich Joints drehen. Er saß manchmal im Drogeneckchen, aber immer allein und verbrachte viel Zeit auf der Jungstoilette. Noch später sah ich jemanden im Bahnhofsviertel bei den richtigen Dealern herumschleichen. Er sah ihm ähnlich. War er es oder war er es nicht?

110

Ich fragte Berti, ob er es sein könnte. Der zuckte nur die Schultern und sagte, es sei ihm egal, wo das Arschloch jetzt kaufe, bei ihm jedenfalls nicht mehr, das sei ihm wohl zu teuer.

Noch später hörte ich, er sei von der Schule abgegangen. Er hätte sich wohl im Zank um Geld und Stoff – da ging's längst nicht mehr um Hasch und bunte Pillen, sondern um Kokain und vielleicht auch Heroin – mit irgendwelchen Dealern überworfen und die hätten ihn aus Rache aus dem zweiten Stock aus dem Fenster geschmissen. Jetzt läge er seit einigen Monaten im Krankenhaus.

Aber da hatte ich längst eine Klasse übersprungen und die Sache war nicht mehr wichtig.